DREAMBOOKS

DREAMBOOKS★

천하제일쟁자수

권인호 신무협 장편소설

ORIENTAL FANTASYSTORY & ADVENTURE

9

dream books
드림북스

천하제일 쟁자수 9

초판 1쇄 인쇄 2016년 6월 16일
초판 1쇄 발행 2016년 6월 27일

지은이 권인호
발행인 오영배
책임편집 편집부

펴낸 곳 (주)삼양출판사 · 드림북스
주소 서울시 강북구 도봉로 173
대표 전화 02-980-2112 **팩스** 02-983-0660
출판등록 1999년 3월 11일 제9-00046호

ISBN 979-11-313-0612-3 (04810) / 979-11-313-0246-0 (세트)

+ 이 도서의 국립중앙도서관 출판시도서목록(CIP)은 서지정보유통지원시스템홈페이지(http://seoji.nl.go.kr)와 국가자료공동목록시스템(http://www.nl.go.kr/kolisnet)에서 이용하실 수 있습니다. (CIP제어번호: 2016014324)

천하제일 쟁자수

권인호 신무협 장편소설

ORIENTAL FANTASYSTORY & ADVENTURE

9

dream books
드림북스

목차

천하제일쟁자수

第一章

암! 내가 그렇게 만들어 준다!

녹림십팔채의 총표파자이자 만검산채의 주인 현음신마 혁련휘.

그 이름만으로도 산천초목이 벌벌 떨 때가 있었다.

그 빌어먹을 강시가 나타나기 전까지는.

어느 날 난데없이 강시가 나타나 녹림도의 터전을 쑥대밭으로 만들어 버린 이후, 사상 유래 없이 강성했던 녹림의 시대가 끝이 나며 혁련휘의 세상도 같이 무너졌다. 그리고 삼절표랑과 쟁천표국의 세상이 되었다.

분하고 실로 분통 터지는 일이었지만 어찌할 도리가 없었다.

강시는 무섭도록 강했고 삼절표랑은 그보다 더 강했으니까.

군웅일왕채가 삼절표랑의 손에 전멸을 당했다는 소식을 들었을 때도 삼절표랑이 무서워 보복은 감히 생각조차 하지 못했다.

그렇게 굴욕적인 시간을 보내던 중에도 희망적인 소식은 있었다. 삼문협에서 벌어진 구대문파 장문인들의 몰살이 그것이다.

소림이 봉문을 선언했고 다른 문파들도 곧 봉문을 선언할 거라 했다.

구대문파는 강시로 인해 문을 닫아걸게 되었고, 삼절표랑과 쟁천표국 덕분에 강시는 지속적으로 줄어들고 있었다.

'그래! 드디어 다시 녹림이 일어설 때가 된 것이야!'

기약도 할 수 없는 오랜 기다림에 드디어 종지부를 찍을 때가 되었다고 생각했다. 비록 여전히 강시는 두려운 존재고 삼절표랑 또한 건재하다지만, 전방위적으로 충돌을 피할 수 없는 구대문파가 사라진 이상 그 틈새에서 능히 다시 녹림의 재기를 노려볼 수 있다.

그러나 상황은 그의 기대와는 전혀 다른 방향으로 흘러갔다.

소림을 제외한 구대문파의 봉문이 전부 없었던 일이 되어 버린 것이다. 봉문은커녕 신대정회라 하여 구대문파의 자존심도 버리고 아예 대놓고 삼절표랑과 붙어먹기까지 했다. 그 바람에 녹림은 다시 기약 없는 은둔 생활을 해야 하는 처지가 되고 말았다.

한계였다.

그렇잖아도 성정이 급하고 포악한 녹림도들이다. 강시와 삼절표랑, 그리고 구파일방까지 건재한 마당에 세상으로 다시 나가 봤자 녹림도가 설 땅은 없을 것이 불을 보듯 뻔한데도, 녹림십팔채 내부에서조차 쌓이고 쌓인 불만들이 터져 나오기 시작해 총표파자로서의 권위와 통제력마저 위협당하는 지경에 이르렀다.

바로 그 무렵이었다.

죽은 자도 살리는 신묘한 의술을 가진 의원에 대해 들은 것은.

과장이 아니었다. 그가 보는 앞에서 정말로 죽은 지 여섯 시진이 지난 시체의 눈을 뜨게 했고, 그로부터 정확히 여섯 시진을 더 살게 했다. 그리고 그것을 가능케 만든 것은 푸른빛의 돌이었다.

모양도 평범한 데다가 그 색이 옅디옅어서 크게 의식하지 않으면 그냥 흔한 잔돌처럼 보이는 돌.

그 푸른 돌의 효능은 단지 죽은 자를 잠시 살리는 것만이 아니었다. 무공을 익히지 않은 자가 그것을 먹으면 만병이 불침하고 무공을 익힌 자가 그것을 먹으면 단숨에 이십 년의 내공이 증진되었다.

마치 괴수의 내단처럼.

아니, 그건 괴수의 내단 정도가 아니라 소림대환단에 견줄 만한 것이었다. 더욱 놀라운 사실은 그것이 하나가 아니라는 것이다.

'신의 증표라 해서 사이비 교단들 사이에서는 이미 은밀히 돌고 있는 물건입니다. 대륙 각지에서 발견되고 있구요. 물론 쉽게 구할 수 있는 건 아닙니다. 저도 사람까지 사서 백방으로 구해 보려고 했지만 고작 세 개밖에는 구하지 못했습니다.'

의원이 죽도록 매를 맞은 다음에 토해 낸 말이기에 거기에는 한 치의 거짓도 과장도 없을 것이었다.

그것의 정체가 무엇이고 어디에서 난 것인지 그런 것은 알 수도 없었고 알 필요도 없었다.

'하나를 먹으면 이십 년의 내공이 생긴다!'

그 역시 무림인인 이상 그 하나만으로도 눈이 뒤집히고도 남았다.

그때부터 만검산채의 이름으로 동원할 수 있는 모든 녹

림도를 동원했다. 녹림도만으로도 부족해서 녹림십팔채의 이름까지 팔아서 끌어다 쓸 수 있는 모든 인원을 다 끌어다 푸른 돌을 찾았다. 그런 와중에도 녹림십팔채의 다른 산채들에겐 철저히 비밀에 부쳤다. 다른 산채에 푸른 돌의 효능이 알려지는 순간 아귀다툼이 펼쳐질 것은 불을 보듯 뻔하니까. 이 엄청난 보물을 나눠 쓰고 싶은 마음은 추호도 없었던 것이다.

모든 일은 순조로웠다.

워낙에 많은 인원이 동원된 만큼 단시간 내에 생각보다 많은 양을 모았고 철저히 입단속을 해 비밀 엄수도 잘되었다.

그날 그 사건이 있기 전까지는.

그의 동생 혁련우가 술김에 사고를 치고 만 것이다.

그로 인해 혁련우와 만검산채의 형제들 열셋이 죽고 백 개가 넘는 푸른 돌을 도둑맞았다. 그리고 지금 이렇게 그 도적들을 만났다.

당연히 한 명도 살려 두지 않을 작정이었다.

자신의 것을 훔친 저 좀도둑들은 물론이고 이름 모를 표국의 표행단까지 깡그리 다 죽일 것이다.

친혈육을 잃은 것에 대한 화풀이, 감히 자신의 것을 훔친 것에 대한 응징, 그리고 푸른 돌에 대한 입막음을 위해서.

그런데…… 그렇게 자신이 뿌려 대는 진득한 살기에 모두가 죽음의 공포로 벌벌 떨고 있는 그때 홀로 당당한 자가 있다. 아니, 당당한 정도가 아니라 실로 건방지고 오만한 눈빛을 던져 온다. 그것도 새파랗게 어린놈이.

불같이 분노를 터트려야 할 일이었다.

저 건방지고 오만한 눈빛은 그 자체로 갈기갈기 찢어 죽여 마땅한 죄였다. 그런데도 지금 이 순간 혁련휘를 휩싸는 것은 분노가 아니라 가슴을 서늘히 훑어가는 긴장과 경계였다.

녹림의 왕이라 불리는 자신을 이토록 긴장하게 만드는 저자는 대체 누구란 말인가?

의문과 혼란으로 복잡하게 얽히는 혁련휘다.

하지만 루하는 혁련휘의 반응에는 눈곱만큼도 신경 쓰지 않았다. 지금 그에게 중요한 것은 혁련휘가 청광편을 모으고 있었으며 어떻게 청광편을 알게 되었는지, 청광편에 대해 어디까지 아는 것인지, 얼마나 모았는지 궁금해하던 모든 것을 이 자리에서 들을 수 있게 되었다는 사실뿐이었다.

"어이, 녹림의 왕 양반. 나랑 단둘이 조용히 이야기 좀 나눠 봅시다."

아무래도 여기에는 듣는 귀가 많아서 정말로 단둘이 조용하게 이야기를 나눠 볼 참이었다. 그건 혁련휘도 마찬가지였다. 어차피 단 한 명도 살려 줄 생각이 없고 이 눈앞의 시건방진 사내 역시 죽여 입막음을 할 생각이지만, 이름이라도 들어 둘 참이었다.

하지만 뜻대로 되지 않았다.

"네 이놈! 감히 어느 안전이라고 건방을 떠느냐!"

혁련휘의 수하 하나가 그렇게 버럭 일갈을 터트리며 루하를 덮쳐 간 것이었다.

정말이지 쓸데없는 과잉 충성이었다. 그런데, 과잉 충성은 혁련휘의 수하만이 아니었다. 혁련휘의 수하가 루하를 덮쳐들자 이번엔 천왕채 채주 이신적이 루하를 보호하듯이 하며 앞을 막아서는 것이다.

그런 이신적의 느닷없는 행동을 보며 황당해하는 루하다.

방금 전까지만 해도 적이었다. 루하의 자비만 바라는 처지였으니 그에게는 루하를 위해 앞을 막을 하등의 이유가 없었다. 그럼에도 그가 그 같은 행동을 한 것은 한마디로 줄을 선 것이었다.

앞에는 녹림의 왕이 서슬 퍼런 칼을 들고 있고 그 유일한 대항마로 보이는 루하와는 아무런 끈이 없다.

그야말로 첩첩산중에 고립무원. 지금 상황에서 자신이 할 수 있는 최선은 이렇게라도 억지로 끈을 만들어서 루하와 한패가 되는 것뿐이라 판단을 한 것이다.

'하여튼 약삭빠른 인간이라니까!'

판단도 빠르고 처세도 좋고 행동력도 있다.

다시 한 번 느끼는 거지만 확실히 뒷골목에서 주먹질이나 하기에는 아까운 인재이긴 했다. 물론 그 뛰어남이 혁련휘와의 조용한 대화를 원했던 루하를 방해한 꼴이 되어 오히려 루하를 짜증 나게 만들었지만 말이다.

"쳐라! 천왕채가 결코 호락호락하지 않다는 걸 보여 주어라!"

이신적이 판을 키운다.

그러는 편이 루하와 한편으로 묶이는 데 유리하다 판단한 모양이었다.

"흥! 이 쥐새끼들이 호랑이 콧잔등이라도 물어 보시겠다? 오냐! 어차피 오래 숨을 붙여 놓을 생각도 없었다. 죽여라! 단 한 놈도 살려 두지 마라! 만검산채의 것을 탐하면 어찌 되는지 톡톡히 보여 주거라!"

만검산채의 산적들도 그에 호응하며 천왕채를 덮친다.

그렇게 상황은 급전직하로 사나워지고 흉흉해졌다.

그 모든 것을 그저 멀뚱히 보고 있는 루하다.

'이거 참…….'

이게 참 애매한 상황이다. 청광편에 대해 궁금한 것이야 어디까지나 그의 개인 사정일 뿐, 엄밀히 말해 지금 이 자리는 만검산채와 천왕채 간의 묵은 은원을 푸는 자리였다. 실제로 지금 그렇게 진행이 되고 있었다. 그런 상황에서 무턱대고 끼어들자니 입장이 애매하고, 그렇다고 그냥 지켜만 보자니 지분이 아예 없지만도 않다.

'이걸 끼어들어, 말아?'

끼어들어서 확 다 엎어 버릴까, 아니면 이 난장판이 진정될 때까지 조금 기다려 볼까?

그렇게 망설이는 루하와 달리 혁련휘의 결정은 빨랐다.

이미 벌어진 싸움판, 굳이 말릴 이유가 없다.

그들의 목적은 어디까지나 천왕채를 깡그리 쓸어버리는 것이었으니까. 다만 하나 걸리는 것은 역시 루하의 존재였지만, 그것도 무시해 버리기로 했다.

마음에 경각심이 일고 서늘한 한기가 가슴을 쓸어 간다 해도 그래 봤자 아직 머리에 피도 안 마른 애송이일 뿐이다.

녹림십팔채의 수장인 내가, 녹림의 왕인 나 혁련휘가 저딴 애송이를 겁낼 이유가 없지 않은가!

'다 죽인다!'

어차피 죽여 버리면 한 줌 혈수로 남을 자의 이름 따위 사흘도 지나지 않아 기억에서 깨끗이 지워질 터, 망설일 이유가 없다.

그리해 루하를 향해 신형을 날림과 동시에 그의 성명절기인 현음신장이,

쩌저저저저저저적—

마치 얼음이 갈라지는 듯한 기괴한 소리를 내며 루하를 덮쳤다.

'젠장! 조용히 대화 좀 하려고 했더니…….'

푸르스름한 강기를 빛내며 자신을 향해 무섭게 덮쳐 오는 혁련휘의 손을 보고 루하는 짜증스레 입술을 잘근 깨물었다.

이게 다 이신적 때문에 벌어진 일이라 이신적을 한 차례 째려보지만, 지금은 그를 원망이나 하고 있을 상황이 아니었다.

모름지기 상대는 녹림의 왕이다. 그리고 지금 자신을 향해 파고들고 있는 것은 혁련휘를 녹림의 왕으로 만들어 준 녹림도 최강의 무공이다.

흔히 사람들이 현음신장을 두고 하는 말이 있다.

'스치기만 해도 죽는다.'

과장이 아니다. 현음신장에 당하면 당장은 그저 스치기만 한 것일지라도 시간이 지남에 따라 파고든 음기가 마치 사갈의 독처럼 온몸으로 번져 급기야는 죽음에 이르고야 만다. 해독제도 치료약도 없다. 그야말로 악독하기 그지없는 무공인 것이다.

그런 만큼 두어 수는 아래라 생각하는 상대라 해도 결코 허투루 대할 수가 없다. 그랬다가는 자칫 돌이킬 수 없는 일이 벌어질 수도 있다. 그리해 혁련휘가 현음신장을 날린 순간 이미 루하의 몸은 훌쩍 뒤로 미끄러져 거리를 벌리고 있었다.

쩌저적—

꽤 여유를 두고 뒤로 몸을 뺀 것인데도 옷자락 끝이 음기에 닿았고, 음기에 닿은 옷자락이 기괴한 소리를 내며 푸시시 연기로 변했다.

"허!"

그 상황에 등골이 서늘해 저도 모르게 탄성을 터트리는 루하다. 하지만 놀라고만 있을 때가 아니었다. 그 순간에도 혁련휘가 그를 향해 맹렬하게 현음신장을 뿌려오고 있었다.

'이거 대화라도 나눠 보려면 저 손부터 처리를 해야겠군.'

혁련휘는 루하에 대한 궁금함을 접었지만 루하는 아직

청광편에 대한 여러 의문을 하나도 포기하지 않았다. 그리해 검을 떨쳤다.

저 음산하고 음험한 손을 그저 쳐내 버릴 생각이었다. 그 정도만 해도 다시는 현음신장을 못 쓰게 할 자신이 있었다. 그 정도만 해도 조용히 대화를 나누기엔 충분할 거라 생각했다. 그런데,

콰콰콰콰콰콰콰콰콰—

'젠장! 왜 또 이 지랄이야!'

저 뻗어가는 강기의 태풍은 또 뭐란 말인가.

그 높고 고고하던 석천봉은 그새 어디로 간 것이며 대녹림천하를 호령했던 녹림의 왕은 또 어디에 있단 말인가.

다 쓸어버린다.

다 쓸려버렸다.

'아, 놔! 왜 자꾸 힘 조절이 안 되는 거냐고!'

* * *

콰콰콰콰콰콰콰콰콰—

하늘이 부서지고 땅이 찢기는 굉음에 천왕채도, 만검산채도, 창천표국도 모두가 시간이 멈추기라도 한 것처럼 얼어붙었다.

처음에는 무슨 일이 일어났는지도 몰랐다. 대체 무슨 일이 일어난 것이기에 하늘과 땅이 저토록 처절하게 비명을 질러 댄 것인지 모두가 그저 어리둥절할 뿐이었다.

하지만 길지 않은 시간이 지나고 그제야 방금 전 벌어진 일을 온전히 인식했을 때, 모두의 얼굴은 경악과 공포로 파랗게 질렸다.

창천표국에겐 넘어야 할 산이 사라졌고 천왕채에겐 뜻을 세운 그들의 새로운 터전이 사라졌으며 만검산채의 도적들에겐 그들의 자부심이자 더할 수 없이 든든한 뒷배였던 녹림의 왕이 사라졌다.

아니, 지워졌다. 지워 버렸다. 방금 전까지 서슬 퍼런 살기를 뿌리며 산천초목을 떨어 울게 했던 녹림의 왕을, 저 눈앞의 청년이 단 일수로 우희산의 가장 높은 봉우리와 함께 그 존재 자체를 지워 버린 것이다.

도무지 믿을 수 없는 현실 속에서, 마치 꿈이라도 꾸고 있는 것 같은 그 말도 안 되는 상황에 모두가 불신과 부정으로 얼이 빠져 있는 그때, 만검산채의 도적들 속에서 한 마디 비명과도 같은 외침이 터져 나왔다.

"사, 삼절표랑!"

한 번도 본 적은 없다. 그러니 얼굴도 모른다. 하지만 당금 무림에서 현음신마 혁련휘를 일검에 죽이고 산봉우리를 일수에 날려 버릴 고수가 삼절표랑 외에 달리 누가 있겠는가.

그렇게 터져 나온 삼절표랑 그 네 글자에 모두의 얼굴이 휑하니 사라져 버린 석천봉을 볼 때보다도 더한 경악으로 물들었다.

그러나 지금 이 자리에 있는 자들 중에는 그렇게 한가롭게 놀라고만 있을 수 없는 처지인 자들이 있었다.

절대로 만나고 싶지 않은 자를 만났다. 절대로 만나서는 안 되는 자를 만났다.

이대로라면,

'주, 죽는다!'

녹림을 호령했던 자신들의 우두머리처럼 그들도 그렇게 세상에서 지워져 버릴 것이다.

'도, 도망쳐야 해!'

"으……."

"으으……."

"으아아아아!"

녹림십팔채 최강의 산채라는 명성이 무색하게도, 그 하나하나의 이름값이 결코 가볍지 않은 자들인데도 지금 이 순간 체면 따위는 내팽개치고 그저 비루한 목숨 줄 부지하기 위해 사방으로 뿔뿔이 흩어져 도망치기 바쁘다.

그때까지도 질풍노도의 시기에 접어든 사춘기 소년마냥 이유 없는 반항을 해 대는 자신의 내공에 짜증을 내고 있던 루하가 뿔뿔이 흩어져 도망치는 만검산채의 도적들을 보고는 아차 했다.

저대로 놓쳐서는 안 된다. 혁련휘가 죽었으니 저들에게서라도 원하는 답을 얻어야 했다.

루하는 도망치는 도적들을 급히 훑었다. 그리고 그중 가장 빠른 자 하나를 찾았다. 가장 빠르다는 건 가장 강할 가능성이 높고, 가장 강할 가능성이 높다는 건 그만큼 저들 중 가장 많이 알고 있을 거라는 단순한 계산에서였다.

그리해 가장 빠른 자 하나를 찾아 신형을 날렸다. 마음 같아서는 당장에라도 제압해서 꿇어앉히고 싶었지만 다시 또 힘 조절이 안 되는 낭패가 생길까 꺼려져서 그냥 그 앞을 가로막는 정도로 그쳤다. 하지만 그자의 살고자 하는 의지는 간단히 꺾이지 않았다. 루하가 앞을 가로막자 그 즉시 방향을 틀어 더한층 속도를 높여 달아난다.

물론 그래 봤자 루하에겐 미미한 저항일 뿐이다. 채 몇 발짝 내딛기도 전에 다시 훌쩍 날아 그의 앞을 막아서는 루하다. 그렇게 계속해서 앞을 막아서는 루하를 피해 달아나기를 두 차례 더 반복하고 나서야 비로소 깨달았다.

루하가 자신을 찜했다는 것과 루하에게 찜을 당한 이상

아무리 도망쳐 봐야 부처님 손바닥 안이란 것.

'젠장! 왜 하필 나를…….'

아찔한 절망감에 입에서 저도 모르게 욕설이 튀어나온다. 그러나 울컥 치미는 분노와 원망은 어찌할 수 없는 절망 앞에서는 너무도 무기력했다.

결국 도주를 포기하고 멈춰서는 도적이다. 하지만 비굴하진 않았다.

"죽이려거든 어서 죽이거라!"

한 목숨 부지하기 위해 필사적으로 달아나려 했던 것 치고는 루하를 노려보는 눈빛이 제법 강단이 있다.

그것이 루하를 흡족하게 했다.

자신 앞에서 저런 강단을 보인다는 것 자체가 만검산채에서 꽤 큰 비중을 차지하는 인물이라는 뜻이고, 그렇다면 예상했던 대로 그가 원하는 대답들을 가지고 있을 확률이 높은 것이다.

하지만 루하의 예상은 반만 맞았다.

일도탈명(一刀奪命) 팽호강(彭豪强).

만검산채의 서열 삼 위이자 녹림십팔채의 총순찰을 맡고 있으니 만검산채에서 꽤 큰 정도가 아니라 아주 핵심적인 인물인 것은 사실이지만,

"나는 모른다."

그럼에도 정작 루하가 원하는 대답은 하나도 가지고 있지 않았다.

"모든 관리는 채주님 혼자서 하셨다. 그 푸른 돌이 내공을 증진시켜 준다는 사실조차 우리는 부채주님이 죽은 다음에야 채주님께 들었으니까."

그러니까 그것에 대해 어디서 어떻게 알게 되었는지, 어디까지 알고 있었는지, 지금까지 얼마나 모았는지, 심지어는 혁련휘가 그렇게 모은 청광편을 어디다 모아 두었는지조차 그로서는 알 도리가 없다는 것이었다.

혹시나 거짓말은 아닌가 의심도 해 보았지만 이래저래 살피고 따져 물어봐도 거짓을 말하는 것 같진 않았다.

'뭐야, 그럼? 그자도 죽고 그자의 동생도 죽어 버렸으니 이제 아무것도 들을 수가 없다는 거 아냐?'

루하가 그렇게 허탈해하자 팽호강이 다시 물었다.

"이제 나를 어찌할 것이냐?"

"살려는 줄 거야."

루하의 대답이 예상 밖이었는지 팽호강이 흠칫 놀라는 표정을 한다. 그런 팽호강을 보며 루하가 살짝 불쾌한 기색을 띤다.

"그럼 내가 뭐 닥치는 대로 다 죽여 버리는 미친 살인귀라도 되는 줄 알았어? 나 그렇게 사람 막 함부로 죽이고 그러는 사람 아니라고."

조금 전에 일검에 녹림의 왕을 죽이고 산을 하나 날려 버리는 것을 본 입장에서는 정말이지 눈곱만큼도 설득력이 없는 말이었다.

루하도 말해 놓고 조금 민망했던지 슬며시 한마디를 덧붙였다.

"뭐, 그렇다고 죽어 마땅한 자들에게까지 자비를 베풀 만큼 물러터진 것도 아니지만 말이야. 그러니까 안심해. 다행히도 나한테 당신은 '죽어 마땅한' 까지는 아니니까. 오히려 꽤나 필요가 있단 말이지. 그래서 살려는 드릴 거야."

"필요라니? 날 어찌하려는 것이냐?"

"당신들 두령이 모아 둔 청광편…… 아니, 녹림대환석을 찾아서 모조리 나한테 가져와."

"뭐? 말했지 않느냐! 그걸 아는 것은 채주님과 부채주님 밖에……."

"당신들 두령과는 생사고락을 같이한 사이인데, 찾으려고 한다면 얼마든지 찾을 수 있잖아! 모른다고 그냥 그대로 묻어 둘 당신들도 아니고! 여기서 벗어나는 대로 어차피 눈에 불을 켜고 찾아 나설 거 아냐?"

그야 당연한 일이다. 당장 장소를 모른다고 어찌 그 엄청난 보물을 그냥 두겠는가.

"아마 당신들만 그런 게 아닐걸? 이미 들은 귀가 너무 많아."

루하가 천왕채의 도적들과 창천표국의 표사들을 슬쩍 눈짓했다. 그들만이 아니다. '걸음아 나 살려라' 하며 달아난 만검산채의 도적들에게도 귀가 있고 입이 있었다. 더구나 삼절표랑에게 녹림의 왕이 목숨을 잃은 마당이니 모든 세상의 이목이 집중될 터, 애초에 입막음 자체가 불가능한 상황이었다.

"정파무림이고 녹림도고 할 것 없이 다 달려들겠지. 그리고 그들이 가장 먼저 찾을 것은 당신들 만검산채일 테고. 현음신마까지 죽은 마당이니 이참에 아예 서열 정리도 다시 하려 들지도 모르지."

루하의 말은 한 치도 틀림이 없었다.

온 세상이 굶주린 혈랑(血狼)이 되어 자신들을 향해 탐욕의 이빨을 드러낼 것이었다.

"그런 상황에서 당신들 혼자 견딜 수 있겠어?"

못 견딘다. 혁련휘의 죽음으로 결속력마저 붕괴된 상태에서 무슨 수로 그 사나운 탐욕과 대적할 수 있겠는가.

"어차피 지금 당신들로는 힘들게 찾아 봤자 지켜 내지도 못해. 그러니까 찾아서 나한테 가져와. 그럼 내가 당신들을 지켜 줄 테니까. 나 혼자 다 가지겠다는 것도 아냐. 당신들이 먹을 정도는 따로 챙겨 줄 거야. 그렇게 되면 만검산채도 지금까지처럼 계속해서 녹림을 호령할 수 있겠지."

루하의 제안에 팽호강의 얼굴에 갈등이 서린다.

그런 팽호강을 보며 루하가 조금 더 단단하고 확고한 목소리로 덧붙였다.

"그리고 당신, 일도탈명 팽호강이라고 했지?"

"……?"

"당신이 내게 그것들을 가져오면, 단언하는데 현음신마 혁련휘의 뒤를 잇는 다음 대 녹림의 왕은 일도탈명 팽호강이 될 거야! 암! 내가 그렇게 만들어 준다!"

루하의 그 한마디에 소름이 돋는 걸로도 모자라 부르르 몸까지 떠는 팽호강이다.

그런 팽호강을 보며 할 말 다 했다는 듯 툭 내뱉는 루하다.

"이제 그만 가 봐."

"……?"

"왜? 뭐 더 볼 일 있어?"

뭐 더 볼 일 있냐니?

녹림도 전체를 발칵 뒤집어 놓을 수도 있는 엄청난 제안을 해 놓고 대답도 듣지 않은 상태가 아닌가?

"정말…… 이대로 가……란 말입니까?"

가뜩이나 혼란스럽던 머릿속이 더 혼란스러워져서 자신의 말투가 어느새 존대로 바뀌었다는 것도 인식하지 못하는 팽호강이다.

루하가 한심하다는 투로 비웃듯 피식 실소를 흘렸다.

“지금 대답을 한들 그게 무슨 소용이야? 막상 찾고 나서 마음 변하면 그만인데. 그러니까 일단 찾아. 찾고 나서 생각해. 어느 게 당신한테 나은 선택일지. 선택은 어디까지나 당신 몫이고 거기에 따른 책임도 당신이 지는 거니까. 뭐 해? 안 가? 지금은 이러고 있는 시간도 아까울 텐데?”

루하의 말대로였다.

시간이 없다. 세상이 알기 전에, 세상이 움직이기 전에 녹림대환단을 찾아야 한다. 숨 한 번 내뱉는 시간에 생사가 갈릴 수도 있는 처지, 선택도 대답도 모든 것은 녹림대환단을 찾고 난 다음의 일이다.

그리해 잠시간 뜨거운 눈빛으로 루하를 보던 팽호강이 이윽고 몸을 날렸다. 그런 팽호강의 머릿속에는 여전히 루하의 말이 어지럽게 맴돌고 있었다.

‘현음신마 혁련휘의 뒤를 잇는 다음 대 녹림의 왕은 일도탈명 팽호강이 될 거야!’

다음 대 녹림의 왕.

녹림도도 아닌 자의 입에서 나올 말이 아니었다.

주제넘고 건방지며 또한 끝 간 데 없이 오만하다.

그런데도 그가 삼절표랑이기에 그것은 더 이상 주제넘음도 건방도 아니다.

'그래. 그라면…… 삼절표랑이라면…….'

능히 자신을 녹림의 왕으로 만들 수 있는 사람이다.

능히 자신을 녹림의 왕으로 만들 수 있는 사람이기에 지금 이렇듯 자신의 피가 미쳐 날뛰며 뜨겁게 들끓고 있는 것이다.

* * *

"아주 자빠지겠네, 자빠지겠어. 사람이 없어 보이게 뭘 또 저렇게 신나서 저러는지……."

흙먼지까지 날리며 조급히 내달리는 팽호강의 모습을 마치 이제 갓 걸음마를 뗀 아이 보듯 하는 루하다. 그러다 이내 팽호강에게서 시선을 거두고 고개를 돌렸다.

"그나저나……."

루하의 눈이 이른 곳에는 천왕채의 도적들과 창천표국의 표행단이 있었다.

누군가의 입에서 처음 삼절표랑이란 네 글자가 터져 나온 이후로 줄곧 넋이 빠진 얼굴로 그렇게 망연히 루하를 보고 있던 자들이 루하의 눈길에 화들짝 놀라서는 어찌할 바를 몰라 한다.

그런 그들을 훑어가던 루하의 눈길이 어느 한 지점에 머물렀다.

창천표국의 소국주 홍연.

삼절표랑을 세상에서 가장 존경하는 소년.

그런데도 막상 그 마음이 기특하여 자신이 큰 맘 먹고 삼재검을 가르쳐 주겠다 했을 때는 콧방귀나 뀌어 대던 시건방진 꼬맹이. 지금 그 꼬맹이의 얼굴은 정말이지 혼자 보기 아까울 정도로 가관이었다.

"그러게 내가 땅을 치고 후회할 거라니까. 쯧쯧."

第二章

천하일통(天下一統)

창응표국의 표두였던 아버지를 보고 자랐기에 어린 나이부터 표사가 되겠다 길을 정한 홍연이었다. 삼절표랑의 이름을 처음 들은 것도 바로 그 무렵이었다.

'이봐. 다들 그 얘기 들었어? 홍염마수 이우경이 죽었다는군. 근데 더 놀라운 건 이우경을 죽인 게 아직 약관도 안 된 어린 쟁자수였단 말이지. 뭐라더라…… 도검에 베이지 않는 금강신의 몸이 일절, 검강의 경지에 이른 검이 이절, 출신입화의 빙공지기가 삼절이라 그래서 삼절표랑이라고 부른다나 뭐라나…….'

홍우겸이 표두가 된 날, 그의 집에서 벌어진 한판 술자리에서 나온 말이었다.

당시만 해도 이우경이 누군지도 몰랐던 홍연이다. 그런데도 삼절표랑이라는 이름에 이상할 정도로 심장이 빨리 뛰었고, 뭔지 모를 벅찬 흥분은 어린 그를 전율처럼 관통했다.

그때부터였다.

'정말이야? 삼절표랑이 팔공산의 잔혹도마를 죽였다고?'

'아, 글쎄! 삼절표랑이 이끄는 쟁천표국의 표행단이 처음으로 강시 사냥에 성공했다니까!'

'폭주 강시를 잡은 걸로도 모자라서 그 자리에서 환골탈태를 했다고? 예끼! 이 사람아! 그게 무슨 말 같지도 않은 소린가? 환골탈태라니? 아무리 농지거리를 해도 좀 믿을 말을 해야지!'

그렇게 삼절표랑 정루하가 써내려 가는 전설들이 세상을 떠들썩하게 만들 때마다 마치 자신이 이룬 업적인 양 자랑스러워하고 우쭐해하기도 했다.

그랬다.

그렇게 삼절표랑은 홍연의 영웅이 되었다.

일생에 단 한 번만이라도 만나 보기를 염원했던 사내.

그런데 만났다.

전혀 예상치 못한 장소에서 전혀 예상치 못한 때에 난데없이.

'저자가…….'

부모 잘 만난 덕에 호의호식하는 한심한 작자겠거니 했던 저 사내가,

'삼절표랑이라고?'

그럴 리가 없지 않은가!

삼절표랑이라면 훨씬 더 멋지고 훨씬 더 잘생기고 훨씬 더, 훨씬 더 사내다워야 하지 않느냔 말이다!

하지만, 믿고 싶진 않지만 혁련휘를 일검에 날려 버리는 장면을 두 눈으로 똑똑히 목격해 버렸다. 사라진 석천봉도 여전히 휑했다.

삼절표랑이 아닌 다음에야 저런 가공할 만한 무위가 가능할 리가 없었다.

그렇게 홍연이 혼란스러워하고 있을 때였다.

성큼 루하가 그에게로 다가왔다.

"어때? 삼절표랑님을 직접 보신 소감이? 좀 실망했냐?

네 녀석의 영웅이 이런 기생오라비같이 생긴 놈이라서?"

루하가 코앞까지 얼굴을 들이밀자 움찔하며 두 걸음 뒤로 물리는 홍연이다. 하지만 그것도 잠시, 오히려 되바라져 보일 정도로 당당히 루하의 눈을 마주한다. 이어서 나온 대답은 루하가 전혀 예상치 못한 것이었다.

"가르쳐 줘요."

"뭐……?"

"삼재검 가르쳐 줘요."

"……."

홍연의 당당한 요구에 어처구니가 없는 루하다.

존경하던 영웅을 실제로 만나게 된 것이다. 감격에 눈물이라도 펑펑 쏟든가 아니면 실망감에 더 반발을 하든가 할 줄 알았더니 대뜸 삼재검 타령이다.

싸가지는 없어도 그만큼 자존심이 강한 녀석인 줄 알았더니 자존심보다는 잇속에 먼저 눈을 빛낸다.

"너 되게 약아빠졌구나?"

"약아빠진 게 아니라 약속을 하셨잖아요, 아까."

"내가 무슨 약속을 해?"

"삼재검 가르쳐 준다면서요?"

"됐다며? 귀찮게 하지 말라며?"

"그거야 삼절표랑인 거 몰랐으니까 그렇죠. 그러게 왜

사람을 속여요?"

"속인 게 아니라 숨긴 거거든?"

"그게 그거죠. 우릴 기만한 건 마찬가지잖아요. 그건 용서해 드릴 테니까, 그러니까 가르쳐 줘요, 삼재검. 설마 명색이 천하제일인이신데 한 입으로 두말하시지는 않겠죠?"

"허! 약아빠진 데다가 뻔뻔하기까지?"

삼절표랑을 앞에 두고도 할 말 다 하는, 아니, 억지떼까지 쓰는 홍연을 보며 헛웃음만 터트리는 루하다.

하지만 사실 지금 홍연은 겉으로 보이는 것처럼 그렇게 뻔뻔한 것은 아니었다. 오히려 필사적이었다.

'놓칠 수 없어!'

이건 그에게 찾아온 다시없는 기연이었다. 삼절표랑에게 삼절표랑의 성명절기를 전수받을 수 있는 꿈같은 기회였다. 무지의 소치로 그 기연을, 그 기회를 스스로 뿌리쳐 버리려 했다. 이대로 멍청하게 놓쳐 버린다면 루하의 말대로 평생을 두고 땅을 치며 후회할 것이 불을 보듯 뻔했다.

무조건 잡아야 한다.

약삭빠른 인간이라 해도 상관없다. 뻔뻔하다 해도 괜찮다. 자존심이고 뭐고 그런 것을 따질 때가 아니었다.

그렇게 홍연은 뻔뻔해 보일 만큼 필사적으로 루하의 바짓가랑이를 붙들고, 루하는 그런 홍연을 보며 혀를 내두르고 있을 때였다.

"거 봐. 너랑 닮았댔잖아."

설란이 다가와 한마디 툭 던진다.

그 즉시 고개를 끄덕이는 루하다.

"그래, 인정. 이 녀석 나랑 꽤 닮았어."

단지 자신을 닮았다는 것이 그리 유쾌하지 않을 뿐이다. 그건 곧 자신 또한 약고 뺀뺀하며 계산적이라는 뜻이니까. 물론 익히 알고 있는 사실이라 새삼스러울 것도 없지만 말이다.

"그래서 이 녀석을 어쩔까?"

"삼재검을 가르쳐 주기로 했다면서?"

"그걸 저 녀석이 단칼에 거절했다니까. 사람을 아주 개무시하면서."

"그거야 저 아이 말대로 먼저 숨긴 쪽에 잘못이 있으니까."

"그래서? 가르쳐 주라고?"

"명색이 천하제일인께서 한 입으로 두말할 수는 없지 않겠어? 그것도 세상에서 널 가장 존경해 마지않는 애가 보고 있는데?"

"그러는 넌 괜찮아?"

"뭐가?"

"기억 안 나? 저 녀석 어제 너한테 저급한 여자니 뭐니

하면서 막 욕했잖아.”

“아…….”

루하의 말에 잊고 있던 것을 떠올린 설란이다.

'이런 저급한 여자들에 비하면 천하일색 무림일화는 급이 다르다고요, 급이!'

그녀를 보며 손가락질까지 하지 않았던가.

“눈빛이 왜 그래? 왜 이렇게 사나워? 야, 아까는 먼저 숨긴 쪽이 잘못이라며?”

물론 먼저 숨긴 쪽이 잘못이긴 했다. 하지만 손가락질까지 해 대면서 청루의 창기 보듯 할 때를 생각하니 울컥 치미는 화를 어쩌질 못하겠다. 그러니 자연 홍연을 향하는 눈빛이 저도 모르게 표독스럽게 변하는 설란이다.

'역시 애도 그다지 언행일치가 이루어지는 애는 아냐.'

그래도 예쁘니까 그것마저도 귀엽긴 하다.

아무튼 그 바람에 난감해진 것은 홍연이다. 아니, 무시하고 경멸했던 사내가 삼절표랑이란 것을 알게 되었을 때보다 더 어찌할 바를 모르고 있었다. 그도 그럴 것이, 돈 몇 푼에 옷고름을 푸는 헤픈 창기라고 생각했던 여인이 천하일색 무림일화일 줄이야 어떻게 알았겠는가.

무림일화에게 저급이라니? 얼굴만 반반했지 머리가 텅텅 비었다니?

정말이지 이 자리에서 당장 혀가 잘려도 할 말이 없는 죄를 지은 것이었다.

그러나 다행히도 설란은 잠깐 표독스러웠을 뿐이다.

"뭐, 모르고 한 일이니까. 이 아이가 무슨 죄겠어? 네가 오죽 처신을 잘못했으면 네 옆에 있다는 것만으로도 내가 그런 오해를 받았겠니?"

"뭐야? 그럼 그것도 결국 내 잘못이란 거야?"

"그러니까 천하제일인이란 이름에 걸맞게 체신머리를 좀 지키시라구요."

그렇게 핀잔을 주고는 홱 몸을 돌려서 천왕채와의 싸움으로 상처를 입은 표사들을 향한다.

심히 억울하다.

이것도 저것도 죄다 내 잘못이라니?

'대체 무슨 논리가 그래? 애초에 모든 잘못은 이 녀석이 저지른 거잖아?'

그를 개무시한 것도, 그녀를 창기 취급한 것도 모두 홍연이 아닌가.

싸가지 없고 약아빠진 데다가 뻔뻔하기까지 한 이 꼬맹이야말로 모든 죄악의 근원인 것이다.

"좋아! 내 크게 은혜를 베풀어 네 녀석한테 삼재검을 가르쳐 주지!"

"저, 정말이에요?"

"뭐, 그렇게 감격할 건 없어. 오히려 각오 단단히 해야 할 거야. 내 삼재검은 보통의 삼재검과는 다르게 배우는 과정이 아주아주 빡세거든! 흐흐흐흐."

그날부터 표행단의 목적지인 하진에 이를 때까지 루하의 삼재검 전수가 시작되었다. 물론 말이 전수지 사심 가득한 응징에 더 가까웠다. 그것도 최대한 힘들게. 그냥 휘두르면 되는 것도 검 끝에 서른 근의 돌을 매달았고, 사량발천근, 즉 적은 힘으로 큰 힘을 내는 법을 깨우쳐 준다며 손등에 물 한 방울을 올려놓고는 밤새도록 마보를 시키기도 했다. 사실 그게 사량발천근이랑 무슨 상관이 있는지도 모르면서 말이다. 어디 그뿐이랴. 온갖 잔심부름에 잠자리 수발까지, 아주 작정을 하고 부려 먹어 댔다.

그런데도 불평 한 마디 없는 것을 보면 확실히 삼절표랑을 존경하긴 하는 모양이었다. 그 모습에 살짝 감동을 받아서 하진에 도착하기 나흘 전부터는 그래도 제대로 삼재검을 가르치긴 했다.

제법 재능은 있었는지 고작 사흘 가르쳤는데도 루하의

것을 빠르게 흡수했다.

"재능도 재능이지만 기초가 탄탄한 거야. 너한테야 부족해 보이겠지만 삼재검 하나를 저만큼이나 익히는 건 어지간한 인내로는 쉽지 않은 일이거든. 그리고 삼재검을 저만큼이나 익혔다는 건 기초를 아주 잘 다졌다는 거고. 전에도 말했지만 구대문파에서 삼재검을 입문 무공으로 쓰는 데에는 다 그만한 이유가 있는 거니까. 좀 아쉽긴 하네. 재능에 열정에, 거기다 기초도 튼튼하고, 존경해 마지않는 삼절표랑께 무공을 전수받는 거니 배우는 태도도 나무랄 데가 없고…… 성장하는 게 눈에 보일 정도로 가르치는 보람이 있는 아이인데, 그것도 내일이면 끝이잖아."

설란의 말에 루하도 동조하며 고개를 끄덕였다.

"그래. 나도 아쉽긴 해. 그동안 내 수발 하나는 기가 막히게 잘 들었는데 말이야."

"아쉽다는 게 고작 그 이유야?"

"고작 그 이유라니? 네가 수발 제자의 맛을 몰라서 그래. 왜 다들 수발 제자, 수발 제자 하는지 확실히 알겠더라니까. 이게 그냥 시종들이랑은 차원이 달라요, 차원이. 물 한 잔 떠오는데도 정성이 담겨 있다니까?"

하지만 어쩌랴. 끝나지 않는 길은 없고 이별 없는 만남도 없는 것이 세상 이치인 것을.

그런데, 그 어찌할 수 없는 이별을 난데없이 거부하고 나선 자들이 있었다.

"우리도 같이 가겠습니다!"

"거두어 주십시오. 대협!"

천왕채 도적들이다.

우희산에서 그 사건이 있고 어영부영 표행단에 따라붙더니 급기야 루하의 바짓가랑이를 붙들고 늘어지고 있는 것이다.

그도 그럴 것이, 우희산에서 새롭게 삶을 시작해 보려 했건만 제대로 시작도 하기 전에 만검산채에 덜미를 잡혔고 새 삶의 터전으로 삼으려 했던 석천봉은 흔적도 없이 사라져 버렸으며, 이제 만검산채뿐만 아니라 다른 녹림십팔채로부터도 안전을 장담할 수 없는 처지가 되었다. 그런 그들에게 있어 가장 안전한 울타리는 결국 삼절표랑밖에 없는 것이다.

물론 그래 봤자 그건 어디까지나 그들의 사정일 뿐이다.

루하가 신경 쓸 바가 아니었다. 그래서 붙들고 있는 바짓가랑이를 냉정히 뿌리쳐 버리려는데,

"일단 표국으로 보내자."

설란이 불쑥 끼어들어 그렇게 말했다.

루하가 미간을 찡그리며 물었다.

"왜?"

"저 사람들…… 청광편을 먹었잖아."

"그래서?"

"청광편의 효능과 부작용을 알아보는 데 저만큼 좋은 표본이 또 어디 있겠어?"

눈동자가 반짝반짝 하는 것을 보니 또 의원으로서의 학구열이 발동한 모양이었다.

하긴, 청광편으로 표사들의 능력치를 높이겠다는 계획을 위해서도 저들에 대한 연구는 필요했다.

"좋아. 일단 다들 쟁천표국으로 가서 기다려. 당신들을 거둘지 어떨지는 천천히 생각해 볼 테니까. 그리고 녹림대환단에 관한 거 말인데……."

루하의 말을 이신적이 잽싸게 받았다.

"물론 절대로 말이 밖으로 새어 나가지 않도록 철저히 입단속을 하겠습니다!"

하지만 루하의 뜻은 그게 아니었다.

루하가 손사래를 쳤다.

"어차피 당신들이 입 닫는다고 묻힐 비밀도 아냐."

"허면……?"

"떠들어. 표국으로 가는 길에 사방팔방 다 떠들고 다녀. 온 세상이 다 알게 되도록. 온 세상이 탐욕에 절어 아주 미쳐 날뛰도록 말이야. 흐흐흐흐."

*　*　*

"맡겨만 주십시오! 서쪽으로는 저 땅끝 신강까지, 아래로는 저 바다 끝 해남까지 세상이 다 알도록, 온 세상이 미쳐 날뛰도록 제대로 떠들어 대겠습니다!"

천왕채가 루하의 명을 받고 떠났다.

"아직 다 못 배웠어요. 그러니까…… 나중에 반드시 마저 가르쳐 주셔야 해요! 알았죠? 약속 꼭 지키셔야 해요!"

아쉬움 가득한 홍연의 외침을 뒤로하고 창천표국의 표행단과도 헤어졌다.

그렇게 하진을 지나 섬서로 향하는 길, 설란이 꾹 눌러둔 물음을 던졌다.

"대체 뭘 어쩌려고?"

"뭘 어쩌다니?"

"팽호강 그자한테 한 말…… 정말 진심이야?"

"아, 그거?"

"'아, 그거'가 아니잖아. 청광편을 가져오면 녹림의 왕으로 만들어 주겠다니…… 진심으로 한 말이야?"

"왜? 안 될 거 없잖아?"

"그럼 녹림도와 정말 손이라도 잡게? 네 근본은 쟁자수라며? 아무리 돈을 많이 벌고 지위가 높아져도 표국 일을 그만두는 일은 절대로 없을 거라며? 그런 너한테 녹림도는 가는 길이 전혀 다른, 배척하고 싸워야 할 적이잖아? 근데 어떻게……."

"적인 건 맞지만 그렇다고 무작정 배척해야 하는 상대는 아냐. 오히려 지금까지 표국과 녹림도의 관계는 상생과 공존에 가까웠지. 실제로 표국의 호황기는 녹림도의 전성기와 같이했고. 녹림이 활개를 쳐야 표물 의뢰가 많아진단 말이지."

지금까지는 그래도 강시 덕에 쟁천표국은 늘 호황을 누렸지만 이제 그것도 끝물이었다. 결국엔 원래대로 돌아가 녹림이 강시를 대체해 줘야 했다.

"우리한테 녹림은 어쩔 수 없이 필요한 존재고, 그렇다면 아예 내 손으로 녹림의 왕을 만들어서 관리를 하는 것도 나쁠 게 없잖아. 안 그래?"

"녹림을 관리하겠다고?"

"구대문파한테도 통했는데 녹림이라고 안 될 게 뭐 있어?"

루하는 대수롭지 않게 뱉어냈지만 설란은 결코 대수롭지 않게 들을 수 없었다.

'얘는 지금 자신이 무슨 말을 하는지, 그게 어떤 의미인

지 알기나 하고 이런 말을 하는 걸까?'

설란이 조금은 어이없다는 표정으로 루하를 보자 루하가 미간을 찡그렸다.

"왜? 마음에 안 들어?"

"마음에 안 든다기보다…… 아니, 그보다 청광편에 대해서 세상이 떠들썩하도록 알리라는 건 또 무슨 생각인데?"

"무슨 생각이라니?"

"그게 세상에 알려지면 무림은 그야말로 대혼란에 빠져들 거야. 네 말대로 정파고 사파고 할 것 없이 아주 다 미쳐 날뛰게 될 거라고. 그러다 보면 무고한 피해자들도 생기기 마련인데, 대체 그 뒷감당을 어떻게 하려고 그래?"

"그 뒷감당을 왜 내가 해? 거기 있던 만검산채고 천왕채고 창천표국이고 할 것 없이 모조리 죽여서 입을 막지 않는 다음에야 어차피 언제고 알려질 일이었어. 난 그저 그걸 조금 더 빨리 퍼트린 것뿐이고. 내가 그러지 않았어도 어차피 무고한 피해자는 나오기 마련인데 그걸 내가 왜 책임지는데?"

루하의 말투는 차가웠다.

설란은 이 순간만큼은 정말이지 그런 루하가 낯설었다.

어울리지 않는다. 이기적이고 계산적이긴 해도 자신이 다른 사람으로 인해 피해를 입는 걸 병적으로 싫어하는 만큼이나 남에게 피해를 입히는 것도 싫어하는 성격이었다. 무고한 피해자가 생길 수도 있는 일인데, 어차피 생겨날 피해자라며 나 몰라라 할 만큼 매몰찬 성격도 아니었다.

"그렇게 해서…… 그렇게까지 해서 뭘 얻으려는 건데?"

"그야…… 그래야 팽호강이 다른 생각을 못 할 거 아냐. 아무리 청광편이 탐이 나도 온 세상이 눈에 불을 켜고 달려들면 자기가 감당할 수 있는 물건이 아니란 걸 알게 될 테고, 내가 제시한 거래에 응하는 게 최선이자 유일한 살길이라는 것도 알게 되겠지."

그거야 설란도 짐작했던 부분이다.

하지만 단지 그 이유만으로 이렇게까지 크게 일을 벌이기엔 모든 것이 너무 불확실했다.

확률이야 높다지만 혁련휘가 숨긴 청광편을 팽호강이 남들보다 먼저 찾아낼 수 있을 거라는 확실한 보장도 없을뿐더러, 찾는다고 해도 과연 그것을 순순히 루하에게 가져다 바칠까? 강해질 수만 있다면 그것이 당장 죽을 자리인 줄 뻔히 알면서도 달려들 수 있는 것이 무림인의 습성인데 말이다.

루하가 단지 그 불확실한 가능성만을 위해 이런 무모한 일을 벌였을 리가 없다.

"그리고?"

설란이 물었다.

"그리고……."

아니나 다를까, 다른 이유가 있다. 하지만 그 다른 이유가 오히려 설란을 더 혼란스럽게 했다.

"왠지 재밌을 것도 같고."

재밌을 것 같아서라니?

짓궂다 못해 사악하게 올라가는 입꼬리는 무엇이며 저 비릿한 코웃음은 뭐란 말인가? 게다가 착각이었나 싶게 찰나 간 루하의 눈을 스쳐 가는 푸른빛은 또 뭐란 말인가?

혹시나 싶어 루하의 눈을 뚫어지게 보는 설란이다. 하지만 아무리 살펴도 푸른빛은 흔적도 없다. 정녕 착각일까? 단순한 착시였을까?

"뭐, 내가 끼어들 명분을 얻으려면 세상이 좀 혼란스러워져야 할 필요도 있고."

"끼어들 명분?"

"그자 하나를 녹림십팔채의 우두머리로 만든다고 해서 모든 걸 내 마음대로 휘두를 수 있을 만큼 녹림이 호락호락한 곳이 아니잖아. 산채마다 독립성도 강하고 성질머리들도 워낙에 지랄 같은 작자들이고. 게다가 구대문파도 아직 내 말발이 다 먹힐 정도는 아니고, 아직은 여러모로 많이 부족하단 말이지."

"그러니까 청광편으로 인해 구대문파와 녹림이 서로 뒤엉켜서 피투성이가 될 때를 기다렸다가 중재자로 나서겠다? 그래서 영향력을 더 키우겠다?"

"중재가 될지 통제가 될지는 그때 상황을 봐야겠지만, 어쨌든 지금까지 구대문파와 녹림도를 겪어 보니까 걔네들은 그냥 방치해 두면 안 돼. 마냥 풀어 줬다가는 또 무슨 사고를 칠지 몰라. 그러니 이 기회에 제대로 목줄을 묶고 관리를 좀 해야겠어."

"너…… 지금 그게 무슨 의미인지는 알고 말하는 거야?"

"무슨 의미라니?"

"정말 몰라?"

"그러니까 그게 무슨 의민데?"

* * *

"천하일통이라고! 천하일통! 분명 천하일통을 하려는 거라니까!"

술자리에서 사내가 목청을 높였다.

맞은편에 앉은 사내가 무슨 말도 안 되는 소리냐며 핀잔을 준다.

"자네, 너무 갔어. 천하일통이라니? 아무리 삼절표랑이 명실상부한 천하제일인이라 해도 천하일통은 말이 안 되지. 고금사에 세상을 떨어 울린 사마의 집단이 그렇게 천하일통을 외쳐 댔어도 정작 누구 하나 그 업적을 이룬 자가 있는가 말일세."

사내의 단호한 부정에 이번엔 옆 식탁에서 술판을 벌이던 사내가 불쑥 끼어들었다.

"그건 모르는 일이지요. 무림에 숨은 기인이사도 많고 무림인들이란 것이 누군가의 통제를 받는 걸 워낙에 싫어하는 체질들이라 지금껏 천하일통이 불가능으로 여겨져 왔지만, 이미 구대문파마저 쥐락펴락하는 삼절표랑이 아닙니까? 소문대로 일도탈명 팽호강에게 녹림의 총표파자를 만들어 주겠다고 한 게 사실이라면 그 속마음에 천하일통의 뜻이 없다고는 장담 못 하죠. 그리고…… 고금사에 등장했던 사마 중에서 천하일통에 가장 근접했던 게 마교의 적통인 혼천마교(混天魔教)인데 혼천마교라 한들 어디 지금의 삼절표랑에 비할 수가 있겠습니까? 저는 삼절표랑이 마음만 먹는다면 천하일통이라도 능히 가능하다고 봅니다."

"허나…… 그럴 마음을 먹을 이유가 없지 않소? 이미 가질 것 다 가졌고, 혼천마교처럼 천하를 일통해서 온 세상에 혼천마교의 교리를 전파하겠다는 신념이나 목적이 있는 것도 아니고."

"이유가 무슨 필요고, 목적이 무슨 상관이야? 삼절표랑이 그러고 싶으면 그러는 거지. 어차피 정사 어디에도 속한 사람이 아닌데 뭘 한다 해도 누가 뭐라 그러겠어? 난 진짜 삼절표랑이 천하일통을 해 버렸으면 좋겠어. 멋지지 않은가? 지금껏 누구도 이루지 못한 천하일통의 대위업을 누구의 힘도 빌리지 않고 오직 일신의 무공만으로 해 낸다는 게 말이야. 만약 그렇게 되면 우리는 그런 역사적인 순간을 직접 목격하게 되는 거라고!"

세상이 시끌벅적했다.

무림인들 사이에서야 청광편이 가장 큰 관심사였고 대부분 눈이 시뻘게져서 청광편을 찾아 나섰지만, 그렇지 않은 사람들은 청광편에 대한 것보다는 루하의 행보에 더 큰 관심을 보였다.

천하일통(天下一統)!

어차피 확인되지 않은 소문이고 짐작일 뿐이다. 그럼에도 그 앞에 붙은 삼절표랑이란 이름의 무게에 누군가는 흥분했고 누군가는 전율했으며 또 누군가는 허무맹랑하다 부정했다. 그렇게 루하의 행보에 대한 추측과 호기심으로 때와 장소를 불문하고 벌어지는 갑론을박은 당연히 루하의 귀에도 닿았다.

"소감이 어때?"

옆자리에서 들려오는 대화에 설란이 루하에게 물었다.

자신에 대한 대화들을 가만히 듣고 있던 루하가 고개를 두어 차례 주억거렸다.

"나쁘지 않은데? 좀 의외이기도 하고. 원래 천하일통이라는 게 되게 부정적인 말이잖아. 혈겁과 전쟁, 사마외도와 야욕부터 딱 연상되는 단어니까. 근데 이거 생각보다 너무 호의적이잖아?"

"일반 사람들이야 그렇지. 무림인들은 생각이 완전히 다를걸?"

"무림인들이야 신경 쓸 필요 없고. 어차피 청광편 찾아다니느라 천하일통이고 뭐고 그딴 거 신경 쓸 겨를도 없을 텐데, 뭐."

아닌 게 아니라, 녹림십팔채는 물론이고 구대문파를 위시한 정파무림까지 청광편 찾기에 혈안이 되어 있었다. 심지어 일거리 없는 표국조차 표사와 쟁자수들을 풀어 청광편 수색에 나섰다고 한다. 그로 인해 여기저기서 갖가지 분쟁이 이어지고 있어 벌써부터 무림이 꽤나 소란스러웠다.

"조금만 더 지나면 모르긴 몰라도 새외무림이 중원 정복을 외치며 쳐들어와도 아무도 관심 안 가질걸? 다들 청광편에 완전히 미쳐 있을 테니까. 그런 걸 생각하면 확실히 천하일통을 하기에 지금만 한 적기도 없지. 음…… 이왕 이렇게 된 거 진짜 아주 제대로 천하일통을 노려 봐?"

"제대로 천하일통을 노리는 건 어떤 건데?"

"그야 당연히 무력 정복이지. 녹림은 녹림십팔채의 두령들을 죄다 밟아서 힘으로 복종시키고, 구대문파는 장문영부를 빼앗아서 장문영부의 권위로 통치하고. 흐흐흐흐."

루하의 말에 설란은 혼란스러웠다.

진심으로 하는 말일까?

물론 농담일 것이다. 입꼬리에 걸린 웃음도 장난기가 다분했다.

그런데도 마음이 불안한 것은 아직도 일전에 보았던 루하의 낯선 얼굴이 잊히지 않기 때문이었다.

그리해 루하의 눈을 살펴보지만 그날 보았던 푸른빛은 보이지 않았다. 지금만이 아니다. 여기까지 오는 내내 루하에게서 눈을 떼지 않았지만 그날 이후로는 단 한 번도 푸른빛을 보지 못했다.

'역시 잘못 본 건가?'

설란이 그렇게 빤히 자신을 보자 루하가 눈살을 찌푸리며 물었다.

"왜 또 그런 눈으로 보는 건데?"

"어?"

"사람을 계속 이상한 눈으로 보고 있잖아. 혹시…… 새삼 나한테 반하기라도 한 거야?"

"뭐?"

"하긴, 내가 요즘 나날이 감당 안 될 정도로 잘생겨지고 있긴 해. 매일 아침 거울을 볼 때마다 나도 깜짝깜짝 놀란다니까. 웬 절세의 미소년이 거기에 있어서. 동안도 그런 동안이 없어. 얼굴은 또 왜 점점 작아지는지…… 이러다 아주 얼굴이 소멸해 버릴지도 몰라."

"……."

역시 착각이었나 보다.

그날의 낯선 얼굴도, 그 푸른빛도…… 저건 어떻게 봐도 그냥 평소의 루하이니 말이다.

第三章

대체 넌 나한테 뭐지?

화운산(華雲山)에서 거룡방(擧龍幇)과 영사문(靈蛇門)이 충돌해 이백 명이 목숨이 잃었다.

천응단(天鷹團)과 군웅회(群雄會)의 전쟁이 벌어져 흘러내린 피가 석천(石泉)의 낙월천(落月泉)을 시뻘겋게 물들였다.

백검문(百劍門)과 육양문(陸陽門)의 싸움으로 평소 의형제처럼 가깝게 지내던 백검문주 진양(陳楊)과 육양문주 육지환(陸持奐)이 양패구상하여 진양은 죽고 육지환은 다리가 잘려 평생 걷지 못할 불구의 몸이 되었다.

사천으로 향하는 길, 그리 길지 않은 시간에 하루가 멀다 하고 들려오는 소식이었다. 비단 이곳 섬서만이 아니다. 청광편이 만들어 내는 여파가 예상했던 대로, 아니, 예상보다도 훨씬 더 빠르고 강렬하게 무림을 잠식해 가고 있었다.

하지만 정작 세상을 그렇게 난리 통으로 만든 장본인은 세상이 시끄럽든 말든, 청광편이란 광풍에 휩쓸려 무림이 미쳐 날뛰든 말든, 양옆에 절세의 미녀들을 끼고 유유자적 세월 좋은 여정을 계속한 끝에 목적지인 사천에 당도했다.

그렇게 막 사천성의 성문 앞에 당도했을 때였다. 관복을 입은 사내 하나가 수십 명의 관원들을 대동한 채 그를 마중 나와 있었다.

"오랜만에 뵙습니다. 그간 강녕하셨습니까? 도어사 어른."

넙죽 포권을 취하며 인사를 건네 오는 사람은 루하가 익히 아는 자였다.

'이덕량…….'

그는 다름 아닌 섬서성 육조의 부수장이자 진천왕의 첫째 사위 이덕량이었던 것이다.

"좌참의 어르신께서 여긴 어떻게?"

섬서성에 있어야 할 그가 왜 사천의 성문에서 자신을 기다리고 있단 말인가? 그것도 수십의 관원들까지 대동하고.

"음…… 모르셨나 보군요. 섬서성에서 사천으로 옮긴 지거진 이 년이 다 되었습니다. 지금은 이곳 사천성의 좌포정사를 맡고 있습니다."

"예? 허면 승급을 하신 겁니까? 그것도 네 품계나?"

"모든 게 다 도어사 어른 덕분입니다."

이덕량이 다시 한 번 루하에게 포권을 취해 보인다.

그러고 보니 사천성의 좌포정사가 진천왕의 반대파인 서문가의 사람이라고 했다. 아마도 폭주 강시의 일을 빌미로 진청왕이 물갈이를 해 버린 모양이었다.

북쪽으로는 진천왕의 사병이나 다름없는 철기대가 버티고 있고 동서 교역의 관문인 이곳 사천에는 자신의 사위를 심었다.

'중앙의 금의위에 군대의 힘이 가장 강한 북서의 군부마저 장악했으니 이제 거의 칠 할은 먹은 셈인가?'

서문가와의 정쟁이 거의 끝나가고 있다는 뜻이었다.

서문가를 누르고 나면 과연 그 다음은 무엇을 할까?

스스로 왕이 되려 할까? 아니면 그냥 지금의 권력에 만족할까?

진천왕은 어떨 때 보면 권력욕이 아주 강한 사람 같다가도 또 어떨 때 보면 권력에 초탈한 듯한 모습을 보이는 종잡을 수 없는 사내라 그 행보가 짐작이 안 된다.

"근데…… 좌포정사께서 여긴 어떻게 알고 오신 겁니까?"

"그야 저희도 듣는 귀는 있으니까요. 사천 방향으로 오고 계시다는 소식은 일찌감치 들어 알고 있었습니다."

"아무리 그래도 그렇지, 성도에 계셔야 할 분이 어찌 여기까지……."

사천성 성도에서 이곳까지는 거의 칠천 리 길이었다. 모르긴 몰라도 황제의 행차에도 이렇게 정성을 보이진 않을 것 같았다.

루하의 물음에 이덕량이 그렇잖아도 할 말 많다는 듯 한숨을 푹 내쉰다.

"그렇게 말입니다. 명색이 제가 한 성의 주인인데 수천 리 길을 달려와서 접객을 한다는 게 어디 말이나 되는 일입니까? 아직 섬서에서 이주해 온 사람들의 뒤처리도 다 못하고 있는 상황이고, 이전 포정사들이 워낙에 개판으로 일을 처리해서 그것들 다시 바로잡으려면 몸이 열 개라도 부족한 판국인데 말입니다. 하지만 어쩌겠습니까? 호랑이 같은 장인께 도어사 어른을 당신 보듯 하라는 말씀을 귀가 따갑도록 들었는데. 게다가 섬서에서 이주해 온 사람들은 도어사 어른의 무위를 직접 목격도 한 데다가 그 덕분에 죽을 목숨도 산 사람들이라 삼절표랑을 천신처럼 생각하고 있죠. 자칫 도어사 어른의 접대에 소홀했다가는 아주 민심까지 잃을 판이라 이 말입니다. 어디 그뿐입니까? 이 사람들은 또 어떻구요."

한숨 푹푹 내쉬며 푸념을 늘어놓던 이덕량이 그의 뒤로 늘어선 관원들을 눈짓했다.

"제형안찰사사는 포정사와는 독립된 부서라면서 포정사인 제 말은 귓등으로도 안 듣던 인간들이 도어사 어른이 오신다 하니 친히 마중을 가야 한다면서 부득불 저를 여기까지 끌고 온 겁니다. 제가 부임해 올 때는 문밖으로 고개만 삐죽 내밀던 이 거만하고 버르장머리 없는 인간들이 말입니다."

이덕량의 말에 그제야 루하가 관원들에게 눈길을 돌리자, 그 즉시 그들이 공손히 예를 취하며 자신들을 소개했다.

"사천성의 안찰사를 맡고 있는 호운종(浩澐宗)입니다. 도어사 어른을 뵙습니다."

"부사(副使) 이천(李阡)입니다."

"첨사(僉使) 나진상(羅陳上)이 도어사 어른을 뵙습니다."

그렇게 하나하나 소개가 이어졌다.

제형안찰사사라고 하면 각 성의 형, 옥을 다스리는 사법기관으로, 포정사가 성의 가장 높은 지위에 있긴 하지만 어떤 면에서는 포정사보다도 더 막강한 권력을 휘두르고 있는 부서였다.

그런 부서의 책임자들이 지금 루하에게 저토록 깍듯이 예를 취하고 있는 것이다.

루하는 그제야 자신에게 주어진 호국분충감찰도어사라는 감투에 각 성의 제형안찰사사를 통솔할 수 있는 권한이 있었다는 것을 떠올렸다. 즉, 어느 성이 되었든 그가 발을 딛는 순간 그곳의 제형안찰사사는 그의 수족이 되는 것이었다.

'그러니까 내가 이자들의 직속상관이 되는 셈인가?'

기분이 썩 나쁘지 않다.

크게 죄 지을 일도 없고 누군가를 벌할 일도 없지만 그 앞에 머리를 조아리는 자들의 면면을 보고 있자니 왠지 마음이 든든해지고 어깨가 우쭐해진다.

그렇게 루하가 기분 좋게 고개를 주억거리는데, 그때 어쩐 일인지 이덕량이 루하의 옆구리를 툭 친다.

"그나저나 일전에는 제가 정말 뭘 모르고 큰 실수를 했나 봅니다."

은근히 던져오는 이덕량의 말에 루하가 의아해하며 물었다.

"무슨 말씀입니까? 큰 실수라니?"

루하의 물음에 이덕량이 슬쩍 루하 뒤쪽의 설란과 연화를 가리켰다. 그동안 줄곧 죽립으로 얼굴을 가렸던 그녀들이지만 이덕량 등과 조우한 후로는 죽립을 다시 벗은 상태였다.

"전에 제가 천하절색의 미녀보다 낯선 여자, 남의 여자가 더 끌리는 법이라 하지 않았습니까?"

그랬다. 그러면서 루하에게 홍화루의 기녀를 권하기까지 했다.

"그 말, 전부 취소하겠습니다. 미녀도 미녀 나름이지, 저런 미녀들이라면 낯선 여자고 남의 여자고 할 것 없이 어른의 눈에 들어올 리가 없죠. 그땐 제가 정말 뭘 모르고 큰 실례를 범했습니다. 어쩐지…… 모름지기 영웅호걸이라면 열 여자를 마다않는 법인데 이상하다 했더니, 역시 그럴 만한 이유가 있었던 거군요. 저런 미녀들을 옆에 두고 사시는데 홍화루 아니라 소주 황학루의 최고 기녀라 해도 눈에 들어올 리가 없죠. 암요. 그렇고 말구요. 전 또 어른께서 아랫도리에 무슨 문제가 있는 게 아닌가 괜한 오해까지 했지 뭡니까."

"……그러니까 지금까지 줄곧 내 아랫도리를 그렇게 생각하고 있었다는 겁니까?"

기가 찬다.

"걱정이죠, 걱정. 가화만사성이라, 자고로 사내란 집안에서 당당해야 밖에서도 당당할 수 있는 법인데 이 나라의 큰 동량이신 분이 혹시 거기에 문제가 있어서 집안에서 기죽어 사시면 어쩌나…… 뭐 그런, 나라를 걱정하는 충심에서 말입니다.”

전혀 충심에서 한 걱정 같지 않다.

표정이며 말투며, 어디까지나 시기와 질투에 기인한 저주이자 자기 위로.

왜 그런 거 있지 않은가.

자기보다 잘난 사람을 보면 잘난 백 가지 중에 어떻게든 못난 하나를 찾아서 '나보다 나을 것도 없네' 하며 위안 삼는.

새삼 느끼는 거지만 사람이 참 못났다. 어떻게 이런 못난 인간이 진천왕의 사위가 된 건지 모르겠다. 더 이해가 안 되는 것은 이덕량을 두고 진천왕이 한 말이었다.

> '사람이 좀 가볍고 푼수처럼 보이지만 지닌 학식만 큼은 능히 이 나라 제일이네.'

문제 유출에 대리 시험이 성행하는 작금의 과거 시험에서 돈도 뒷배도 하나 없이 오직 압도적인 문장력과 세상을 보는 깊고 날카로운 통찰력만으로 당당히 장원을 따냈다고도 했다.

'대체 어딜 봐서?'

혹시 그날 시험에 동명이인이라도 있었던 게 아닐까? 그래서 장원이 되어야 할 사람은 떨어지고 떨어져야 할 사람이 장원이 된 것은 아닐까?

아무리 이 나라가 부패했다고 해도 나라의 큰 행사를 그렇게까지 졸속하고 허술하게 처리했다고는 생각하고 싶지 않았다. 하지만 그것 말고는 이 이덕량이란 사내의 출세를 달리 설명할 방법이 없는 것을 어쩌겠는가.

그렇게 이덕량을 향하는 루하의 눈빛이 의심을 더하는데, 이덕량이 불쑥 물었다.

"한데…… 갑자기 어쩐 일이십니까?"

"……?"

"사천으로 오신 것 말입니다. 혹시…… 사라진 저저촌(佇佇村)의 일 때문에 오신 겁니까?"

"사라진 저저촌이요?"

"아, 그 일 때문에 오신 것이 아닙니까?"

"사라진 저저촌이라는 게 뭔데요?"

"그게…… 악산(樂山) 아래에 저저촌이란 마을이 있었는데, 석 달쯤 전에 갑자기 하룻밤 사이에 다 사라져 버린 겁니다. 마을이 통째로 말입니다."

"마을이 통째로 사라졌다고요? 사람들이 다 떠났단 말입니까?"

"그게 아니라 아예 사라졌습니다. 마을 자체가. 집이며 사당이며, 심지어 논과 밭까지 흔적도 없이 사라져 버렸습니다."

대체 무슨 말인지 알 수가 없다.

사람이야 떠날 수도 있다지만 집과 농지가 어떻게 사라질 수가 있단 말인가?

혹시 그가 산을 통째로 날려 버린 것처럼 누군가 엄청난 고수가 그렇게 마을을 날려 버리기라도 한 것일까?

"어디라구요?"

"악산입니다. 한번 가서 살펴보시겠습니까? 그렇잖아도 자체적으로는 아무리 조사를 해 봐도 명확한 답이 나오지 않아서 견식이 깊은 무림인이라도 초빙을 할까 하던 참이었는데……."

"음……."

악산이라면 그들이 가려는 구룡과 직선거리에 있는 것은 아니었다. 조금 돌아가야 하는 길이었다. 하지만 뭐가 어떻게 사라졌다는 건지, 대체 저저촌이란 곳에서 석 달 전에 무슨 일이 있었던 건지 직접 확인해 보고 싶었다.

"뭐, 급한 일이 있는 것도 아니고, 그럼 한번 가서 구경이나 해 볼까요?"

하긴, 제형안찰사사를 통솔하는 몸이시다. 만일 그곳이 어떤 범죄의 현장이라면 직접 살펴야 하는 의무가 있었다.

그리해 루하 일행은 이덕량의 안내를 받아 악산의 저저촌으로 향했다.

“여기가 마을이었다고요?”

저저촌 앞에 당도한 루하가 어리둥절한 표정으로 물었다.

이덕량이 고개를 끄덕였다.

“예. 석 달 전만 해도 이곳은 분명 마을이었습니다.”

이덕량의 대답에도 루하의 표정은 바뀌지 않았다.

마을이 사라졌다기에 자신이 산을 날려 버린 것처럼 그렇게 누군가 마을을 날려 버린 것이 아닌가 생각하고 폐허가 된 허허벌판을 머릿속으로 그렸다.

그런데 지금 눈앞에 펼쳐진 것은 폐허가 된 허허벌판이 아니었다. 산어귀는 짙은 녹림으로 우거졌고 그 아래의 들에는 잡풀과 들꽃이 무성했다. 아무리 둘러봐도 어디에도 사람이 살았던 흔적은 전혀 보이지 않았다.

그렇게 황당해하는 루하를 보며 이덕량이 하나하나 설명했다.

“저기가 촌장이 있던 집입니다. 저 앞에 마을 주민이 공동으로 쓰는 우물이 있었고 저기엔 관운장을 모시는 관제 묘가 있었습니다. 그리고 저기에선…….”

이덕량이 그렇게 하나하나 짚어 주는데도 도무지 현실감이 없다. 그런데,

“아, 그리고 저기가 마을의 뒷자리입니다.”

이덕량이 마지막으로 손가락으로 가리킨 곳에 이르러 루하의 눈빛이 처음으로 이채를 띠었다. 그도 그럴 것이, 마을의 뒷자리라는 그곳만큼은 여기저기 파헤쳐진 것이 사람의 손길이 느껴졌기 때문이었다.

하지만 이어서 나온 이덕량의 말은 잠깐의 기대를 간단히 무너뜨렸다.

“그냥 혹시라도 뭔가 단서가 될 만한 게 있을까 싶어 수색을 해 본 것뿐입니다.”

“…….”

“그래도 아예 소득이 없었던 것은 아닙니다.”

이덕량이 그렇게 말하며 품속에서 뭔가를 꺼내어 루하에게 내밀었다.

“이 뒷자리에서 나온 물건입니다. 이게 과연 이 마을과 관계가 있는 물건인지 어떤지까지는 모르겠습니다만…….”

그것은 신비하리만치 짙고 깊은 붉은색의 작은 구슬이었다.

그런데, 의아해하며 그것을 받아 들던 루하가 순간 움찔했다. 갑자기 등 뒤에서 어떤 낯익으면서도 섬뜩한 기운을 느낀 때문이었다.

돌아보니 거기에 연화가 있었다.

연화는 붉은 구슬을 보고 있었다.

흔들리는 눈빛으로.

알 수 없는 표정으로.

그 특유의 서늘한 한기를 뭉글뭉글 뿌려 내며.

루하가 그런 연화에게 구슬을 내밀며 물었다.

"너 혹시 이게 뭔지 알아?"

루하의 물음에도 연화의 시선은 마치 시간이 정지하기라도 한 것처럼 붉은 구슬에만 고정되어 있었다.

눈동자에서 일어나는 작지만 강한 경련.

뭘까? 이 낯익음은?

피처럼 붉고 선연한 혈주(血珠)를 보고 있자니 날카로운 칼이 심장을 찢고 나와 겹겹이 쳐진 기억의 벽을 두드린다. 그리해 단단하게 막힌 강둑에 작은 균열이 일어나고, 그 사이로 꼭꼭 숨어 아무리 해도 보이지 않던 기억의 편린들이 하나둘 새어 나오다 급기야 봇물이 되어 터진다.

그렇게 기억의 편린들이 밀려들자 머리가 깨질 듯 아파 온다.

"으으……."

양손으로 머리를 감싸 쥐어 보지만 그건 단순히 두통이라고 단정 지을 수 있는 것이 아니었다. 온몸이 부서지는 것 같고 영혼이 갈기갈기 찢겨나가는 것 같다. 도저히 말로 형언할 수 없는, 그야말로 극한의 고통이 그녀를 휘몰아친다.

"으으으으……."

흘러나오는 기억의 편린이 많아지면 많아질수록, 그리해 고통이 더해지면 더해질수록 그녀의 몸에서 스며 나오는 한기는 더 차가워지고 더 강렬해졌다.

쩌저저저적—

땅이 얼고 대기가 얼어붙는다.

쩌저저저적—

뿜어져 나오는 한기는 그 자체로 강기가 되어 닿는 모든 것을 부숴 버린다.

"야! 뭐하는 거야?"

그 갑작스러운 변화에 루하가 놀라 다급히 외쳐 보지만 그의 말은 연화의 귀에 조금도 닿지 않았다. 닿기는커녕,

쩌저저저저저저적—

사방으로 뿌려지는 한기만 더 강해졌다.

놀라고만 있을 시간이 없었다.

파파파파파팟—

얼어붙은 대기가 더 이상의 한기를 견디지 못하고 터져 나갔다. 그리고 그것은 그대로 무형의 칼날이 되어 사방을 휩쓸었다. 바위가 부서지고 나무가 찢겼다.

"크!"

무형의 칼날에 팔을 스친 관원 하나가 신음을 토하며 쓰러졌다.

"젠장! 이게 뭔 일이야?"

루하가 급히 사람들의 앞을 막으며 강기의 막을 쳤다. 그러자 사방에서 폭발하는 대기의 파편이 수천수만 개의 칼날이 되어 루하가 친 강기의 막을 두드렸다.

콰콰콰콰콰콰콰—

정말이지 사나웠다. 그리고 강했다. 막을 두드려 대는 날카롭고도 묵직한 충격에 가슴이 서늘해 올 지경이었다.

'대체 몇 놈이나 먹어 치운 거야?'

연화가 말했던 '충분할 만큼' 이 얼마만큼인지 새삼 궁금해진다. 그러나 궁금함은 잠깐이다. 한가롭게 그런 거나 생각하고 있을 때가 아니었다.

선택을 해야 했다.

갈수록 강해지는 저 살인적인 한기의 근원을 잘라 버리느냐, 아니면 이대로 이 난리가 가라앉길 기다리느냐.

물론 근원을 자른다는 것은 연화를 무력으로 제압한다는 뜻이었다.

할 수 있다. 마치 얼음의 신이라도 되는 것처럼 무의식 속에서 뿌려지는 한기만으로 세상을 얼려 버리는 그 황당할 정도로 가공스러운 힘에 새삼 혀가 내둘러지지만, 그래도 감당은 할 수 있을 것 같았다.

'물론 어느 정도의 피해는 감수해야겠지만.'

그 피해가 어느 정도일지는 그로서도 짐작할 수 없었지만 그것이 두렵지는 않았다. 다만 지금은 그냥 둬야 할 때라 생각했다.

루하 외에는 아무것도 기억에 없는 그녀였다. 수년 동안, 아니, 어쩌면 이백 년 동안 그렇게 기억을 봉인당한 채 있었는지도 모른다. 그런 그녀의 봉인된 기억이 지금 깨어나려 하고 있는 것이 틀림없었다. 그리고 그 봉인된 기억 속에는 혈교가 왜 강시를 만든 것인지, 만들어 놓고는 왜 지금까지 방치한 것이며 혈교는 또 왜 사라진 것인지, 그 비밀을 밝힐 실마리도 숨겨져 있을 것이다.

그리해 기다렸다.

그 사이에도 연화가 뿜어내는 한기는 더한층 강해져서, 이젠 아예 매섭게 몰아치는 눈보라의 환영까지 보일 정도였다. 그런데 바로 그때였다.

거짓말처럼 매서운 한기가 뚝 멈췄다.

머리를 감싸 쥔 채 고통에 신음하던 연화도 진정을 찾았다. 하지만 그 눈빛만큼은 얽히고설킨 실타래마냥 혼란스럽고 복잡했다.

그렇게 시간이 정지하기라도 한 것처럼 일순간 정적이 흐르고 문득 연화가 그 복잡한 눈을 저 멀리 어딘가로 던진다 싶은 순간,

팟—

돌연 그 자리에서 땅을 박차며 빛살처럼 어딘가로 날아간다.

"뭐야? 또 어딜 가는 거야?"

도무지 종잡을 수가 없는 그녀의 행동에 잠시 망설이는 루하다. 하지만 그것도 잠깐,

"넌 일단 이분들이랑 같이 성도로 가 있어."

"어쩌게?"

"쟤가 왜 저러는지는 알아봐야지."

그렇게 설란에게 말하고는 그 즉시 연화를 따라 신형을 날렸다.

그녀가 얼마나 빠른지는 일전에 이미 한 번 경험을 했다. 조금만 지체해도 놓치게 된다는 걸 알고 있는 것이다.

아니나 다를까, 빨랐다.

그날 이후로 조절이 안 될 만큼 내공이 급격히 불어나고 있고, 그만큼 그때보다 속도가 더한층 빨라졌는데도 여전히 그녀의 뒤꽁무니를 쫓기에 바쁠 지경이다.

얼마나 달렸는지 모르겠다.

수십 번 주변 경관이 바뀌었다. 어떨 때는 인가였다가 어떨 때는 산이었고, 또 어떨 때는 갈대만 무성한 허허벌판이기도 했다.

성문도 하나 넘었지만 워낙에 급하게 내달리느라 어느 성으로 들어섰는지조차 살필 겨를이 없었다. 그렇게 연화를 쫓은 끝에 마침내 당도한 곳은 계곡은 깊고 산세는 험악하며 봉우리는 하늘을 찌를 듯이 높은 산이었다.

구름과 안개에 덮여 한 치 앞도 분간하기가 어려운 봉우리와 그 아래로 펼쳐진 천 길 절벽은 마치 지옥의 입구인 양 아찔하고, 굽이굽이 이어진 산등성은 끝이 보이지 않는다. 나이를 짐작할 수 없는 거목들이 하늘마저 가린 숲은 당장이라도 독충과 괴수가 튀어나올 것처럼 으스스한 음기를 뿌린다.

'대체 여긴 어디야?'

많은 산을 다녀 봤지만 이곳처럼 음산하고 기분 나쁜 곳은 처음이었다.

거기에 있었다.

그 먼 길을 달려 연화가 찾고자 한 것.

강시였다.

루하가 당도한 그때 '우지끈' 또 다른 강시의 목을 꺾고 '푸욱' 그 심장을 파헤쳐 뽑아 든 푸른 빛깔의 내단을 '꿀꺽' 삼켜 버리는 강시.

머리는 산발이었고 뿜어져 나오는 기운은 거칠다 못해 난폭하다.

그러나 더 살필 겨를이 없었다.

"크아아아앙!"

갑자기 괴성을 토해 낸 강시가 그대로 연화를 덮쳐 간 것이었다.

콰콰콰콰콰콰―

싸움이 시작되었다. 그야말로 경천동지의 싸움이었다.

맞부딪치는 일격에 천지가 뒤흔들렸다. 그 여파에 멀찍이 거리를 두고 있던 루하마저 휘청하며 걸음을 물려야 할 지경이었다.

'저건 또 뭔데?'

진화 강시를 일격에 죽여 버리던 연화였다. 그런 연화와 싸우는데도 전혀 밀리지 않는다. 밀리기는커녕 오히려 압도하고 있었다.

더 이해할 수 없는 것은 연화의 태도였다. 단지 힘에서 밀리고 있는 것이 아니었다. 어쩐 일인지 그 움직임에 주저함이 있다. 아니, 아예 공격에 대한 의지가 없다.

대등한, 어쩌면 그녀보다도 더 강할지도 모르는 괴물을 상대로 공격의 의지가 없다는 것은 그야말로 자살 행위나 다름없었다. 덕분에 급전직하하는 상황에 그녀의 목숨은 바람 앞의 등불처럼 위태롭고 간당간당했다.

"젠장! 왜 쳐 맞고만 있는 거야!"

급기야 보다 못한 루하가 그 속으로 달려들며 검을 날렸다.

강시의 강함을 이미 충분히 눈으로 확인한 만큼 힘을 제대로 실은 공격이었다. 그만큼 빠르고 강했다. 하지만 강시는 조금도 당황하지 않고 한 손으로 연화의 소수를 움켜쥔 채 다른 한 손으로 루하의 검을 막았다.

까가가가가가강—

도저히 피륙에서 나는 소리라고는 할 수 없는 날카로운 금속음이 고막을 찢을 듯이 파고들고, 그 순간 검을 통해 밀려드는 뜨거운 기운에 루하가 '헉!' 다급성을 토하며 급히 검을 뺐다. 아니, 빼려 했다. 하지만 빠지지 않는다. 다시 힘을 줘 보려 하지만 그때는 이미 뜨겁고 강대한 기운이 손바닥을 타고 오르고 있었다.

모골이 다 송연해질 정도로 놀란 루하가 결국 검을 놓고

훌쩍 몸을 뒤로 물렸다. 그러자 이번에는 강시가 잡고 있던 연화의 손을 놓고,

"크아아아앙!"

광포한 괴성을 터트리며 루하를 덮쳐 왔다.

그러나 루하는 겁먹지 않았다. 당황하지도 않았다. 비록 상대를 미처 다 가늠하지 못한 탓에 첫 수에서는 밀렸지만, 그게 그가 가진 전부는 아니었다.

양강에 강공이다. 그렇다면 결국 기(技)와 기(技)의 대결이 아니라 기(氣) 대 기(氣)의 대결이라는 것이고, 오히려 힘 대 힘의 싸움이라면 절대로 지지 않을 자신이 있었다.

그에게는 최강의 강권인 개산권신 언차흠의 파운삼십육권이 있으니까.

달려들고 있는 강시를 보며 주먹을 쥐었다.

구오오오오오—

말아 쥔 주먹에 모인 기운에 대기가 요동치고,

"개산일로참(開山一路斬)!"

단 일 권에 강시를 박살 내 버릴 생각으로 파운삼십육권 최강의 한 수를 뿌렸다.

꽈르르르르르릉!

그저 내지른 것만으로도 세상을 다 뒤흔드는 듯한 벽력이 친다.

놀란 산새들이 날아오른다. 그런데, 그것뿐이었다.

"어?"

종적도 없이 사라졌다.

벽력과 함께 주먹을 빠져나간 그 엄청난 힘이 강시를 아예 가루로 만들어 버릴 듯이 흉포하게 세상 밖으로 뿜어져 나왔건만, 주먹에서 빠져나간 그 순간 거짓말처럼 흔적도 없이 사라져버렸다.

뭐가 어떻게 된 건지 살필 겨를이 없었다. 그 사이 이미 시뻘겋게 달아오른 강시의 손바닥이 그의 가슴에 닿아 있었다. 그 순간 그가 할 수 있는 일은 금(金)의 기운을 한껏 끌어올려 강시의 손바닥이 닿는 부위를 겹겹이 에워싸는 것뿐이었다.

그리해 항거할 수 없는 뜨거운 기운이 가슴을 강타하고 폭발이 일었다.

쾅!

"큭!"

한 모금 피를 토하며 주르륵 미끄러져 날아가는 루하의 앞섶은 용암과도 같은 뜨거움에 녹아 잿더미가 되었다. 그러나 워낙에 단단한 몸이다 보니 보이는 것보다는 상처가 깊지 않았다.

강시가 다시 달려드는 것도 볼 수 있었고 다시 주먹에 아까와 같은 힘을 실을 수도 있었다.

구오오오오오오—

처음보다도 한층 더 큰 힘을 실었다.

"개산일단악(開山一斷岳)!"

뻗어 내는 주먹에서 아까보다도 더 큰 벽력이 쳤다. 그러나 이번에도 소리뿐이었다. 분명 세상을 부술 듯한 강대한 기운이 주먹을 빠져나갔는데, 그러고는 아무런 흔적도 없이 자취를 감추어 버린다.

'대체 뭐냐고!'

이것도 힘 조절이 되지 않는 것일까? 힘 조절이 되지 않아 혁련휘를 날려 버렸던 것과는 반대로 이번엔 오히려 힘이 제대로 실리지 않는 것일까?

루하가 영문을 몰라 혼란스러워 하는 사이에 강시의 손은 이번에도 루하의 가슴에 닿았다.

쾅!

"크윽!"

다시 무기력하게 튕겨져 날아가던 루하가 입술을 질근 깨물었다.

'망할! 때린 데 또 때리고 지랄이야!'

이번에도 방비는 단단히 했지만 맞은 데를 또 맞다 보니 아까보다 상처가 깊었다.

그러나 물러서지 않았다. 움츠러들지도 않았다. 오히려 치미는 오기에 발끈하며 거의 신경질적으로 주먹을 휘둘렀다.

"뇌격붕천(雷擊崩天)!"

하지만 이번에도 소리만 요란할 뿐이었고 강시의 손은 어김없이 그의 가슴을 노렸다.

"때린 데 또 때리지 말라니까!"

화를 내 본들 강시가 손을 거둘 리 없었다. 오히려 아까보다 더 붉고 강한 기운을 담아 루하의 가슴을 파고들어 오고 있었다. 더구나 겹겹이 쌓은 금의 벽이 두 차례의 공격으로 균열이 가 있는 상태였다.

이번만큼은 루하도 다음을 장담할 수 없는 상황. 바로 그때였다.

목숨을 장담할 수 없는 그 절체절명의 순간에 연화가 루하의 앞을 막아섰다.

그리해 새하얀 소수와 시뻘건 손이 부딪쳤다.

콰앙—

커다란 폭발음과 더불어 누가 더할 것도 없이 강시와 연화의 몸이 크게 한 차례 휘청한다. 이어진 것은 놀랍게도 연화의 반격이었다.

콰콰콰콰콰콰콰콰—!

지금껏 주저하고 망설이며 공격의 의지를 전혀 보이지 않았던 그녀가 지금 이 순간만큼은 부모를 죽인 불구대천의 원수라도 되는 양 갑자기 그 본연의, 세상을 다 얼릴 듯한 한기를 거침없이 뿌려 대며 강시를 몰아쳐 가고 있는 것이었다.

연화가 공격의 의지를 갖자 싸움의 양상은 확실히 조금 전과는 달라졌다. 밀리지 않는다. 그로 인해 그들의 공방은 숨 막히는 일진일퇴를 거듭하고 있었다.

그것만으로도 루하는 그저 놀랍고 어안이 벙벙하다.

'저 괴물은 대체 뭐냐고!'

믿을 수 없을 정도로 강하다. 연화야 조화지기의 영향이 컸다지만 저 강시는 어째서 저토록 강하단 말인가?

그렇게 루하가 황당해하는 중에도 한 치의 물러섬도 없는 치열한 싸움에 주변 모든 것이 초토화되어 가고 있었다.

그냥 지켜만 볼 수는 없는 노릇이다. 이대로라면 양패구상이 불을 보듯 뻔했다.

힘을 보태야 했다.

루하는 급히 주위를 둘러보았다.

조금 전 그가 놓쳐 버린 검이 보였다.

이유는 모르지만 파운삼십육권은 쓸 수 없다.

발경이 되지 않는다. 아니, 정확히 말하면 발경은 된다.

단지 밖으로 분출되자마자 마치 바다에 조약돌이라도 던진 듯 그렇게 흔적 없이 사라질 뿐.

대체 그 강대한 기운이 어디로 종적을 감춘 건지 아직도 의문투성이지만, 지금은 그런 것을 붙들고 있을 때가 아니었다.

어쨌든 간에 지금 현재로서는 파운삼십육권은 무용지물이다. 어쩌면 파운삼십육권뿐만 아니라 권장지조(拳掌指爪) 모두에 문제가 생긴 것일 수도 있다. 그런 상황에서 그래도 가장 믿을 수 있는 것은 검이었다.

루하가 바닥에 아무렇게나 내팽개쳐져 있는 검을 주워들었다. 그리고 세상을 다 집어삼킬 듯한 싸움 속으로 주저 없이 뛰어들었다.

까아앙—

기습적으로 날린 루하의 검이 이번에도 강시의 손에 막혔다. 그러나 아까처럼 검을 잡히지는 않았다. 검을 잡히는 순간 감당하기 힘든 양강지기가 밀려들 거라는 것을 이미 한 번 경험을 했기에, 막히는 그 즉시 검을 빼내고는 더한층 기세를 높여서 검을 뿌렸다.

허와 실이 뒤엉켜 광풍을 만든다.

"광풍파랑(狂風波浪)!"

순간 루하의 검이 수많은 잔영을 만들며 강시를 덮쳐 갔다.

삼백 년 전 무림을 죽음의 공포로 몰아넣었던 다섯 명의 무림공적, 이른바 무림오적의 하나인 광무자의 독행신검이다. 화산의 장문제자 모용승으로부터 가장 높은 값을 주고 얻은 무공비급이었다.

그런 만큼 검이 만들어 내는 무수한 잔영들은 허와 실을 구분할 수 없을 만큼 정교했다. 아니, 허와 실의 구분이 없을 만큼 그 하나하나에 실질적인 살기가 담겨서 강시를 몰아쳤다. 더구나 광무자가 최대로 만들 수 있었던 것은 백여덟 개의 검영(劍影)일 뿐이었지만, 지금 루하가 만들어 내는 검영은 족히 수천 개는 되어 보였다.

그야말로 만천화우(滿天花雨), 하늘을 가득 수놓는 꽃비가 되어 강시를 덮쳐 가고 있는 것이었다.

"크아아앙!"

시야를 가득 채우며 자신을 향해 틈새 없이 쏘아져 들어오는 무수한 검영들을 보며 강시가 사납게 괴성을 터트렸다. 그와 동시에 머리 위로 양손을 깍지 끼는가 싶더니 깍지 낀 주먹으로 땅을 내려쳤다.

콰아아앙!

지축이 흔들리고 마치 지진이 일 듯 땅이 갈라지는가 싶

더니,

콰콰콰콰콰콰콰콰!

땅이 수천 개의 창이 되어 솟구쳐 오른다.

까가가가가가가가강!

루하가 날린 수천 개의 검영과 그렇게 솟구친 수천 개의 지창(地槍)이 맞부딪치며 귀를 찢는 충돌음을 낸다. 그것으로 끝이 아니었다. 루하가 날린 독행신검의 일격을 그렇게 간단히 파훼해 버린 강시가 그걸로 만족하지 않고 장풍을 내질렀다. 그러자 방금 전 충돌의 여파로 산산조각 나며 사방으로 퍼져 나간 땅의 파편들이 매서운 바람에 휩싸인다 싶은 순간, 이내 태풍이 되어 회오리쳤다.

그것은 단순한 회오리가 아니었다. 회오리를 만들고 있는 헤아릴 수도 없이 많은 땅의 파편 하나하나가 강기를 머금고 있는, 그야말로 어마어마하게 큰 강기의 덩어리였다. 그렇게 크고 사나우며 날카로운 강기의 회오리가 이윽고 루하를 향해 덮쳐들고 있었다.

머리털이 다 곤두서도록 무시무시한 강기의 회오리에 루하는 다른 생각을 할 수가 없었다. 그저 피해야 한다는 본능뿐. 그리해 땅을 박차며 몸을 뒤로 물렸다. 아니, 몸을 뒤로 물리려고 땅을 박차는 순간이었다.

쿠웅—!

그가 서 있는 곳을 중심으로 지름 이십 장이 넘는 공간이 돌연 푹 꺼져 버리는 것이 아닌가?

그 바람에 그의 발이 디딘 곳은 땅이 아니라 텅 빈 허공이었다.

'뭐, 뭐야?'

헛디딤, 그로 인한 당황.

그 찰나의 멈칫함을 강기의 회오리가 파고들었다.

"헉!"

피할 수 없다.

루하는 급히 팔을 교차해 얼굴을 보호하며 강기의 막을 펼쳤다.

까가가가가가강—

강기의 회오리가 루하를 휩싸고, 사방에서 강기의 파편들이 루하를 난타한다.

"크윽!"

그리 길지 않은 시간, 정신이 다 아찔할 정도의 충격이 수천수만 번 강타했다. 그렇게 한바탕 태풍이 지나고, 루하의 모습은 정말이지 엉망이었다. 옷은 난자당해서 넝마가 되어 있었고 머리는 산발이다. 그가 둘러친 강기의 막이 강기의 회오리를 제대로 다 막아 내지 못했다는 뜻이었다.

어쨌거나 살았다.

다행히도 다친 곳은 없다. 강기의 막에 더해서 이중으로 금의 기운을 끌어올려 몸을 보호한 덕분이었다.

하지만 안도할 상황은 아니었다.

쿠아아아아아—

한숨 돌리기도 전에 강시가 그를 향해 맹렬하게 덮쳐들고 있었던 것이다. 강시가 일으키는 파공성만으로도 등골이 오싹할 지경이었다.

확실하게 알았다.

지금 자신을 향해 달려들고 있는 강시는 그의 상대가 아니었다. 지닌 내공과 기예는 비슷할지 몰라도 체계적으로 다져진 기초와 경험, 연륜의 차이가 넘을 수 없는 벽을 만들고 있었다.

그러나 꺾이지 않았다.

루하도 공으로 지금의 위치에 오른 것이 아니다. 생사의 고비를 거듭 이겨 내며 단단해진 마음이고 오기다.

'그래! 어디 한번 해 보자고!'

그 순간에도 그를 덮쳐들고 있는 강시를 정면으로 마주했다. 이를 악물었다. 검을 세웠다. 그런데 그가 막 강시를 향해 달려가려는 찰나였다. 무언가 희끗한 것이 시야를 가린다.

"……!"

연화였다. 연화가 그를 대신해 강시를 맞서 간 것이었다.

다시 이어지는 건곤일척의 승부.

인정하기 싫지만 그가 끼어들 판이 아니었다. 그것은 그야말로 진정한 고수들 간의 싸움이었다.

그제야 알았다.

무림인에게 있어 실력이란 높은 내공과 뛰어난 초식이 전부가 아니란 것을. 그것은 가장 기본적인 조건일 뿐, 고수들 간의 실력을 가름하는 것은 보다 더 종합적이고 고차원적인 무언가였고, 그러한 고차원의 싸움을 지금 강시와 연화가 보여 주고 있었다.

쉴 틈 없이 이어지는 공방 속에서 정공과 변칙이 교차하고 임기응변이 난무한다. 그럼에도 미리 합을 맞추기라도 한 것처럼 미세한 어긋남도 없이 공수가 이어진다.

그런 그들의 싸움은 어떨 때는 춤사위처럼 느껴지고 어떨 때는 경극처럼 느껴져서 보고 있노라니 아예 넋을 놓게 된다.

강시도 강시지만 특히 놀라운 것은 연화였다.

자만했다. 아니, 오만했다.

천상천하 유아독존.

어느 순간부터 하늘 아래 자신이 가장 강하다, 그렇게 굳게 믿고 있었다. 그리해 무턱대고 연화 또한 당연히 자신보다는 한 수 아래일 거라 단정해 버렸다.

그런데 강했다. 자신을 어린애 다루듯 하던 강시를 상대로 조금도 밀리지 않는다. 아니, 밀리지 않는 정도가 아니라 아까보다도 더욱 기세를 높여서 몰아친다. 더 놀라운 것은 그렇게 몰아치는 중에도 아직 여유가 있어 보인다는 것이었다.

그랬다. 일진일퇴를 거듭하며 건곤일척의 대결을 벌이던 둘의 싸움은 힘의 균형추가 무너지며 급격히 연화에게로 기울어지고 있었다. 이윽고,

쾅!

연화의 소수가 강시의 가슴을 강타했다.

"크헝!"

강시가 한 차례 크게 신음성을 토하며 주르륵 미끄러져 나갔다.

그 틈을 놓치지 않고 연화의 소수가 다시 한 번 강시의 가슴을 노렸다. 하지만 강시도 무기력하게 당하고 있지만은 않았다. 차가운 한기를 뿌리며 자신을 향해 덮쳐 오는 연화의 소수를 향해 급히 손을 떨쳤다. 급히 떨친 손이라고 해도 그 손은 이미 용암처럼 시뻘겋게 달아올라 있었다.

그리해 세상 만물을 잿더미로 만들어 버리는 절대의 화기와 세상 만물을 죄다 얼려 버리는 절대의 한기가 부딪혔다.

콰앙—!

폭발이 일어났다.

치지지지직—

화기가 사방으로 흩뿌려지며 거기에 닿는 모든 것을 태운다.

쩌저저저적—

한기 또한 사방으로 흩날리며 닿는 모든 것을 얼린다.

그 와중에도 힘의 차이는 여실히 드러났다.

"크악!"

강시가 조금 전보다 거친 신음성을 토하며 튕겨져 날아간 것이다.

그런데 그렇게 무참하게 튕겨져 날아가던 강시가 돌연 튕겨지는 그 반동 그대로 땅을 박차더니 빛살처럼 반대편으로 도주해 버리는 것이 아닌가?

'뭐야? 저놈도 도망이야?'

그 돌발적인 상황에 루하가 황당해하는 중에도 급히 외쳤다.

"놓치면 안 돼! 잡아!"

이대로 놓쳐 버리면 필경 후환거리가 될 터였다.

하지만 그의 다급한 외침에도 연화는 그 자리에 못이라도 박은 것처럼 꼼짝도 하지 않았다.

"아, 정말! 놓치면 안 된다니까!"

다급해진 루하가 반사적으로 몸을 날려 강시를 쫓았다. 하지만 늦었다. 그 잠깐의 틈에 강시는 이미 시야에서 사라졌고, 급히 강시가 사라진 방향으로 달려가 봤지만 그때는 흔적조차 찾을 수가 없었다.

그렇게 아무런 수확도 없이 돌아온 루하가 아쉬움 가득한 눈빛으로 원망을 담아 따지듯 물었다.

"왜 가만히 있었던 거야? 바로 쫓았으면 잡을 수도 있었잖아?"

하지만 연화에게선 아무런 대답도 변명도 나오지 않았다. 그저 의미를 알 수 없는 눈빛으로 지그시 루하를 볼 뿐이다. 아무래도 당장은 자신보다 강하다는 것을 확인하고 난 터라 그 의미를 알 수 없는 눈빛이 괜히 껄끄러운 루하다. 하지만 그렇다고 주눅 들진 않았다. 오히려 속에 있던 의문을 다 풀어냈다.

"대체 여긴 왜 온 거야? 뭔가 기억이라도 났어? 혹시 아까 그 붉은 구슬이 너랑 무슨 관계라도 있는 거야? 아니 그보다, 아까 그 괴물은 또 뭔데?"

연달아 튀어나오는 루하의 질문에 더욱 알 수 없는 눈빛으로 루하를 보는 연화다. 그러다 천천히 입을 열었다.

"내가…… 지켜야 하는 자."

"뭐?"

순간 연화의 말뜻을 알아듣지 못한 루하가 멍한 표정을 짓고 있다가 급히 되물었다.

"지켜야 하는 자라니? 아까 그 괴물이? 그놈하고 너하고 무슨 관곈데? 정말…… 기억이 완전히 돌아온 거야?"

"완전하진 않아."

완전한 기억이 아니다. 헤아릴 수도 없이 많은 편린들이 뒤죽박죽 아무렇게나 뒤엉켜 있었다.

"하지만 무엇보다 확실한 것이 두 가지가 있어."

"……?"

"하나는 내가 그를 지켜야 한다는 것. 그리고 하나는…… 내 기억 속에 넌 존재하지 않는다는 것."

아무런 기억이 없을 때 단 하나 남아 있던 기억이 루하였다. 그런데 정작 되찾은 기억 속엔 루하가 존재하지 않았다.

"어떻게 된 거지? 분명 내 기억 속엔 네가 존재하지 않는데, 왜 난 그런 널 위해 내가 지켜야 하는 자를 공격한 거지?"

지켜야 하는 자. 이백 년 전부터 정해진 사명. 이백 년을 오직 그 하나를 위해 존재했건만 어째서 기억에도 없는 자를 위해 그토록 분노했을까? 왜 기억에도 없는 자를 위해 오히려 지켜야 하는 자를 공격했을까?

"대체…… 넌 나한테 뭐지?"

연화의 눈빛은 혼란스러웠다.

수많은 기억의 편린들 속에서 그 어떤 흔적도 찾을 수 없는데, 그녀의 과거와는 분명 단 한 번도 조우한 적이 없는 사내인데 왜 이토록 마음이 묶여 버린 것일까?

그런 연화를 보며 루하가 대답했다.

"너한테 내가 뭔지는 네가 더 잘 알잖아."

"……?"

"네 과거보다 더 소중한 사람."

그렇게 툭 던져오는 루하의 표정은 시큰둥해 보일 정도로 당당했다. 아니, 그것은 믿음이었다. 어떠한 경우라도 연화가 자신을 등지지 않을 거라는 믿음. 이곳에서 그 괴물 강시를 만나기 전까지만 해도 그런 믿음은 없었다. 조화지기의 효능만을 믿기에는 너무 미지의 존재였고, 또한 뇌리 깊이 박힌 공포가 컸으니까. 하지만 그녀가 그를 위해 자신의 과거를 향해 주저 없이 분노하고 살수를 뿌리는 것을 보며 확신했다.

"과거가 어떻든 기억이 어떻든, 지금부터 네가 지켜야 할 사람은 그 괴물이 아니라 나야. 다른 게 무슨 상관이겠어? 중요한 건 지금 네 마음이고 네 마음이 그렇게 시키고 있다는 거지. 아니면, 다른 이유가 있다고 해서 지금 그 마음이 달라질 것 같아?"

달라질 것 같지 않다.

분명 자신이 지켜야 할 자임에도 루하를 향하는 위협에 정말로 그를 죽이고자 했으니까. 그 마음에 한 치의 망설임도 없었으니까. 다시 그런 상황을 맞게 된다 해도 자신은 똑같이 행동할 것이니까.

이유가 어떠하든 지금 이 눈앞의 사내는 그녀에게 이미 그런 존재가 되어 버린 것이다.

연화의 얼굴에서 그 같은 마음을 읽은 루하가 오만할 정도로 단호하게 덧붙였다.

"그러니까 과거고 자시고 간에 그딴 거 다 집어치우고 넌 그냥 나만 따라오면 돼. 여기 내 옆이 이제부터 네가 있어야 할 자리니까."

第四章

착한 바보 아저씨

루하와 연화는 그길로 다시 걸음을 돌렸다.

그렇게 산을 내려오고 나서야 이곳이 운남이라는 것과, 괴물 강시와 한판 벌였던 그 험준하고 음산한 산이 애뇌산(哀牢山)이라는 것을 알았다. 물론 산을 내려와 바라본 애뇌산은 더 이상 산이라고 부르기도 민망할 정도로 망가져 있었지만 말이다.

"그나저나 멀리도 왔네."

여기까지 쉬지 않고 달려오는 데 하루 하고 반나절이 걸렸으니 다시 하루 반나절이면 사천으로 돌아갈 수 있다. 하지만 서둘지 않았다. 하루 반나절을 쉬지 않고 달린 데다 괴물을 상대하느라 진을 다 뺀 상태였고, 어차피 크게 급할 것도 없는 길이라 느긋하게 마차 하나를 빌려 탔다.

좁은 공간에 단둘만이 있게 된 것은 처음이었지만 공기는 어색하지 않았다. 그렇다고 딱히 대화가 오가거나 남녀간 훈훈한 교감이 이루어지는 것은 아니었다. 그저 연화는 연화대로 아직 헝클어져 뒤죽박죽인 기억과 루하에 대한 생각을 정리하느라 사색이 깊었고, 루하는 루하대로 심각한 고민에 빠져 있었다.

'대체 왜 안 됐던 거야?'

루하는 자신의 손을 내려다보았다.

쥐었다 폈다를 두어 차례 반복해 본다.

분명 힘이 들어간다. 권장지조, 전부 다 정상적으로 힘을 낼 수 있다. 한데, 왜 괴물 강시를 상대했을 때는 제대로 발경이 이루어지지 않은 것일까?

아니, 지금도 정상적이라고 단정할 수는 없다. 권장지조 전부 작은 힘으로 가볍게 시험만 해 보았을 뿐, 마땅한 장소가 없어서 그때처럼 제대로 힘을 실어 볼 수가 없었던 것이다.

마음이 급하고 불안했다.

지금 그가 가진 것들 중에서 가장 강력한 무기는 뭐니 뭐니 해도 파운삼십육권이다. 천상천하유아독존 하며 세상을 눈 아래로 볼 때라면 또 다르겠지만, 이미 괴물 강시의 강함을 뼈저리게 경험했고 그보다 더 강한 연화의 무위도 직접 눈으로 본 상황에서 가장 강력한 무기를 영영 쓰지 못하게 될 수도 있다는 불안감은 그를 밤잠조차 설치게 만들고 있었다.

그러던 중이었다.

사천성을 막 지날 무렵 갈대와 짙은 늪지밖에 없는, 끝이 보이지 않는 평원을 만났다.

마음껏 권풍을 날려도 괜찮을 광활한 대평원을 보자 루하는 그 즉시 마차에서 내렸다.

그리고 그 중심으로 가서 파운삼십육권을 펼쳤다.

"개산일로참(開山一路斬)!"

괴물 강시에게 날렸던 첫 수와 같은 일격이었다. 그런데, 나오지 않는다.

주먹을 내뻗는 순간 대기가 폭발하고 땅이 갈라져야 하건만 그때와 마찬가지로 주먹을 빠져나간 강기는 흔적도 없이 사라져 버렸다.

일시적인 것이 아니었다.

분명 뭔가 문제가 생긴 것이다.

얼굴을 잔뜩 일그러뜨린 루하가 이번엔 파운삼십육권이 아닌, 곤륜의 육인수로부터 받은 풍뢰팔장(風雷八掌)을 펼쳤다.

"공파참(空破斬)!"

콰과과과과광!

"풍마참(風魔斬)!"

콰과과과과과과!

"풍마격(風魔擊)!"

콰과과과과과과광!

장법은 된다. 장법만이 아니라 그 후로 지법과 조법으로도 시험을 해 봤지만 모두가 정상적으로 발경이 되었다. 거기다 태을무형권(太乙無形拳), 추혼십팔권(追魂十八拳) 등 다른 권법도 전혀 문제가 없었다.

그런데,

"개산일단악(開山一斷岳)!"

"뇌격붕천(雷擊崩天)!"

"멸천혈폭(滅天血爆)!"

가장 강력한 파운삼십육권만은 아무리 해도 되지 않는다.

대체 뭐가 문제란 말인가?

그러고 보면 청광편을 먹은 후 처음으로 써 보는 파운삼십육권이었다. 그렇다는 것은 청광편을 먹기 전까지는 멀쩡했다는 뜻이었다.

혹시 청광편이 어떤 부작용을 일으키기라도 한 것일까?

'그럴 리가 없잖아. 청광편이 부작용을 일으키는 거면 다른 무공에도 문제가 있어야지 유독 파운삼십육권만 되지 않는 게 말이 되냐고!'

머리를 아무리 굴려 봐도 이렇다 할 답을 찾지 못하는 그 때였다.

"아마도 너무 강해서일 거야."

언제부터 보고 있었던 건지 뒤에서 연화가 그렇게 툭 던져 왔다.

루하가 의아해하며 물었다.

"너무 강해서라고?"

"네 파운삼십육권은 세상이 담을 수 없을 만큼 강해. 그래서 토해 버리는 거야. 세상 밖으로."

무슨 말인지 모르겠다.

세상이 파운삼십육권을 토해 버린다니?

"세상이 무슨 살아있는 생물도 아니고……."

살다 살다 이런 황당무계한 소리도 처음이다.

"아니, 설혹 세상이 살아있는 생물이라고 쳐도 그래. 그래서 소화 안 되는 건 사람처럼 토해 버리기도 한다고 쳐. 하지만 파운삼십육권이 강하긴 해도 내가 가진 다른 여타의 무공과 아주 차원이 다를 정도로 큰 차이가 있는 것도 아닌데, 왜 유독 파운삼십육권만 토해 버리는 건데?"

"파운삼십육권의 진정한 오의는 잠력을 끌어내는 것도, 순정의 강함도 아냐. 끌어낸 잠력을 내공과 완전하게 융합시키는 거야말로 파운삼십육권이 가진 뛰어남이고 특별함이지. 그런 면에서 파운삼십육권은 네가 가진 여타의 무공과는 차원이 다른 무공이야. 적어도 두 가지의 기운이 같이 공존하고 있는 너한테는."

"……."

"물론 하나는 너희의 식대로 표현하자면 내단이야. 그리고 다른 하나…… 그건 뭐지?"

"……."

연화의 눈빛이 마치 추궁하듯 날카롭다. 그도 그럴 것이, 그 기운을 감지한 순간부터 이상하게 마음에 동요가 일고 있었던 것이다.

하지만 루하가 말하기를 꺼리는 듯하자 깊게 파고들지 않고 말을 이었다.

"그게 무언지는 모르지만 그 기운과 내단의 기운이 아직 제대로 합쳐지지 않았어. 불안하고 불완전해. 한 번씩 힘 조절이 되지 않는 것도 그러한 불완전함에서 기인한 것이고. 하지만 파운삼십육권만은 달라. 파운삼십육권이 일시적이나마 두 가지 기운을 완전하게 합치는 거야. 두 가지 강대한 기운이 하나로 완전하게 합일되는 것만으로도 그 파괴적인 힘은 측량할 수가 없을 지경인데 네가 가진 이상한 기운은 내단이 가진 기운을 몇 배나 더 증폭시키는 효력까지 있어. 그러니 세상이 그 멸천의 힘을 감당하지 못하고 토해 버리는 거지."

뭔가 막연한 듯도 하고 이해가 되는 듯도 하다. 아니, 아직 세상이 토해 낸다는 개념이 잘 안 잡힌다. 하지만 지금 중요한 것은 그게 아니었다.

"그래…… 뭐, 그게 다 파운삼십육권 때문이라고 쳐. 그래서? 그래서 어떻게 해야 하는데? 어떻게 해야 파운삼십육권을 다시 제대로 쓸 수가 있는 건데?"

"세상 밖으로 튕겨진 힘을 다시 끌어와야지."

"그러니까 그걸 어떻게 하는 거냐고!"

"나도 몰라."

"뭐?"

무책임할 정도로 간단한 연화의 대답에 순간 멍한 얼굴이 되는 루하다.

지금까지 아는 척이란 아는 척은 다 해 놓고 이제 와서 모르겠다니?

이어진 설명 또한 무책임할 정도로 시큰둥했다.

"나는 그런 힘을 가져 본 적이 없으니까. 어디까지나 이

론상 그럴 수도 있다는 걸 내 스승님께 들어본 적이 있을 뿐이야."

"……."

맥 빠진다.

'결국 지도 아는 게 별로 없다는 거잖아?'

세상이 토한다 어쩐다 한 것도 어디까지나 별로 근거도 없는 추측일 뿐이었다. 그런데도 마냥 무시해 버릴 수가 없는 것이, 지금으로서는 그 황당무계한 이론이 그가 가진 유일한 단서이기 때문이었다.

그날부터 루하의 고민은 더 깊어졌다.

그래도 세상이 토해 낸 거든 어쨌든, 힘이 발출이 되지 않아 좋은 점도 있었다.

"노도붕산(怒濤崩山)!"

"뇌성분참(雷聲分斬)!"

"단혼일뢰(斷魂一雷)!"

"멸겁폭(滅劫暴)!"

덕분에 때와 장소를 가리지 않고 마음껏 파운삼십육권을 시전해 볼 수 있다는 것이다. 다만 아무리 주먹을 휘둘러 봐도 이렇다 할 해법이 전혀 나오지 않는다는 것이 안타까울 뿐이다.

아무튼 그렇게 루하가 파운삼십육권에 밤낮없이 매진하

는 동안에도 여정은 계속되어서 그들을 태운 마차는 사천의 성도에 도착했다. 성도에 도착한 루하는 곧장 이덕량 좌포정사의 거처를 찾았다.

"어떻게 된 거야?"

이덕량이 마련해 준 처소에 들자 설란이 급히 물었다.

"어딜 갔던 거길래 이렇게 오래 걸린 거야?"

그날 저저촌에서 그렇게 연화를 쫓아간 후로 보름 만에야 돌아온 것이었다. 그동안 꽤나 답답하고 불안했던 모양인지 여전히 화사한 얼굴에 한편으로 초췌함이 옅게 드리워져 있었다.

파운삼십육권에 매달리느라 미리 연통도 주지 못한 것이 미안하기도 하고 또 그 잠깐 떨어져 있었다고 괜히 감정도 깊어져서 루하가 덥석 설란을 품에 안았다.

루하의 갑작스러운 행동에 놀랐는지 품속에 안긴 작은 어깨가 움찔하며 경직된다. 하지만 그것도 잠시, 이내 루하의 허리를 감싸며 푹 안겨 드는 설란이다.

머릿결의 향이 코끝을 간질이는 느낌이 참 좋다. 지금 이 순간만큼은 파운삼십육권에 대한 생각도 사라져서 모처럼 마음이 쉬어지는 느낌이었다.

"아…… 좋다. 그냥 다 때려치우고 너랑 평생 산천유람이나 다니면서 놀고 싶네. 아닌 게 아니라, 그냥 이참에 정말 다 때려치워 버릴까?"

루하의 말에 설란이 루하의 품을 벗어나며 입술을 삐죽 내밀었다.

"속편한 소리 하시네요. 청광편이니 녹림의 왕이니, 일만 잔뜩 벌여 놨으면서."

"하긴, 내가 없으면 무림이 안 돌아가긴 하지. 역시 천하제일인의 삶이란 고달퍼. 그치?"

"그러니까 그게 다 네가 벌인 일이라니까. 근데 정말 무슨 일이었어? 어딜 갔다 온 거야? 혹시…… 기억이 돌아온 거래?"

설란이 그렇게 다시 그간의 일을 물었다.

루하는 연화가 기억을 찾은 일과 운남의 애뇌산에서 괴물 강시와 싸운 일, 그리고 파운삼십육권에 대한 것까지 빼놓지 않고 다 말했다. 그러는 중에도 혹시 그녀라면, 자신이 아는 세상에서 가장 똑똑하고 해박한 그녀라면 파운삼십육권에 대해서 뭔가 해답을 주지 않을까 하는 기대를 했다.

하지만 루하의 이야기를 듣고 난 설란이 미간을 잔뜩 찌푸리며 꺼낸 말은 파운삼십육권에 대한 것이 아니었다.

"어쩌면 그 강시…… 우리가 찾던 그 강시일지도 몰라."

"우리가 찾던 강시라면…… 여기 사천에서 사라진 강시

셋 중 하나일 거라는 거야?"

"셋이 아냐. 중전(中甸)과 대리(大理)에 있던 강시도 사라졌어. 구룡과 목리, 반지화와는 모두 일직선상에 있고. 애뇌산도 그 선상에 있지. 그러니까…… 애뇌산까지 포함하면 여섯 구야."

"그럼 그놈 혼자서 강시 여섯 구의 내단을 처먹었다고?"

"일단 확인된 것만 그래. 최소한으로 잡았을 때 여섯 구인 거지."

"어쩐지 무작스럽게 강하다 했더니……."

"근데 그게 다가 아냐."

"그게 다가 아니라니? 뭐가 또 있다는 거야?"

"어제 급하게 연통이 온 거라 아직 확실하지는 않지만…… 귀주의 귀양(貴陽)에 있던 강시 하나도 사라졌어. 물론 청광편의 흔적은 없었고."

"그러니까 네 말은…… 그것도 그놈 짓일 거라는 거야?"

루하의 얼굴이 딱딱하게 굳었다.

설란의 말인즉슨, 지금 그 괴물이 그 사이 그때보다도 더 강해졌다는 뜻이었다. 또한 그것은 지금보다도 얼마든지 더 강해질 수도 있다는 뜻이기도 했다.

아직 세상에는 잡아먹을 강시들이 얼마든지 있으니까 말이다.

*　　*　　*

아무것도 없던 의식 속에 티끌만큼 작은 빛이 들어왔을 때 그가 느낀 것은 그저 배고픔이었다.

단지 배가 고팠다.

참을 수 없는 허기가 갈증이 되었고, 그 목마름이 향하는 곳으로 무작정 달렸다. 그리고 죽였다. 그저 본능이 시키는 대로.

그 후로는 반복이었다.

갈증과 해갈, 그리고 또 갈증.

그렇게 일곱 번을 되풀이했을 때 그녀를 만났다.

그녀를 보자 지금껏 경험해 보지 못한 강렬한 갈증이 느껴졌다.

타는 듯한 목마름, 폭발하듯 끓어오르는 욕구, 아찔한 충동, 살의…….

그리해 지금껏 그랬듯이 살수를 뻗었다.

하지만 강한 갈증만큼이나 그녀는 강했고, 그녀의 옆에 있던 사내마저 그를 방해했다. 이어진 것은 두려움이었다.

'죽는다. 죽을지도 모른다.'

갈증과 살의만큼이나 분명한 공포가 밀어닥친 그 순간

그는 도망쳤다.

그렇게 도망치는 중에도 한번 느껴 버린 그 지독한 갈증은 조금도 사그라지지 않았다.

본능이 이끄는 대로 달렸고 닥치는 대로 먹어 치웠다.

그리고 이어진 것은 지옥염천의 고통이었다.

"크아아아아아아아악!"

*　　*　　*

대륙의 최남단 광동성(廣東省) 뢰주(雷州)에 가앙촌(歌鴦村)이라는 땅끝 마을이 있다.

삼면이 바다로 둘러싸여 있고 유일한 육지마저 두 개의 산이 철벽처럼 세상과의 통로를 막고 있는, 황제께 진상하는 값비싼 해산물보다 쌀이 더 귀한 오지 중의 오지였다.

아직 열 살이 채 되지 않았을 듯한 소녀가 주섬주섬 옷을 챙겨 입는다. 그러고서도 바구니에 미리 준비해 둔 음식을 이것저것 챙겨 담는 손길이 바쁘다.

그 부스럭거림에 옆에서 자고 있는 소녀의 조부가 눈을 떴다.

"상아야, 이 시간에 어딜 가려고?"

슬쩍 문밖을 보니 아직도 깜깜한 어둠이다.

상아가 해맑게 웃으며 대답했다.

"거북 바위에 가요."

상아의 대답에 그녀의 조부가 순간 흠칫한다. 그런 그의 눈에는 깊은 애잔함이 들어찼다.

'그러고 보니 아비의 기일이 오늘이로구나.'

자식의 기일마저 잊고 있었다는 자책보다 어린 나이에 제 아비의 기일을 잊지 않고 챙기는 손녀가 그저 안타깝고 아프다.

가엾은 아이였다.

난산으로 태어나자마자 어미를 잃은 것도 모자라서 채 두 돌이 지나기도 전에 해적들에게 아비를 잃었다.

당연히 손녀는 아비에 대한 기억이 없었다.

다섯 살이 되었을 무렵에야 사람에게는 누구나 부모라는 존재가 있고 자신에게도 부모가 존재했다는 사실을 알게 된 그녀였다. 그때부터였다. 그녀는 제 아비의 기일이면 저렇듯 먹을 것들을 잔뜩 싸들고는 거북 바위로 나갔다. 어떻게 알았는지는 모르지만 거북 바위는 시체조차 거두지 못한 그녀의 아비가 마지막으로 나간 뱃길이 가장 잘 보이는 곳이었다.

"오늘은 바람이 많이 찰 것 같으니 너무 늦게까지 있진 말거라."

"응. 금방 올게요."

상아가 힘차게 대답하고는 문을 나선다.

그런 상아의 뒷모습을 보는 조부의 눈은 여전히 걱정과 안타까움으로 가득했다. 언제나 대답만 저렇게 하지 한 번도 자정이 되기 전에는 돌아온 적이 없는 것이다.

그렇게 집을 나온 상아는 곧장 거북 바위로 향했다.

해변을 따라 한참을 걸었다. 그러자 높이가 다섯 장이 넘는 커다란 바위가 나타났다. 아니나 다를까, 거북이를 똑 빼닮은 바위였다.

바위가 크고 거친 데다가 날이 어두워 발밑이 잘 보이지도 않았지만, 상아는 음식 바구니를 한 팔에 끼고도 아주 능숙하게 바위를 올라 가장 꼭대기에 엉덩이를 깔고 앉았다. 그리고 바구니에서 과일과 구운 생선들을 꺼내어 옆에 가지런히 놓았다.

물장구를 치듯 발을 휘젓는가 하면 콧노래를 흥얼거리기도 한다. 그렇게 얼마가 지나자 수평선 너머로 해가 떠오르고 어둠에 잠들어 있던 주변이 하나둘 깨어났다.

상아는 바빴다.

거북 바위에서 내려오진 않았지만 사람들이 보일 때마다

반갑게 손을 흔들었고, 고깃배들이 바닷길을 나서면 그때마다 벌떡 일어나,

"임씨 아저씨! 고기 가득가득 잡아오세요!"

"장씨 아저씨! 뱃속의 아기님 건강하게 태어나도록 오늘은 꼭 해왕님 잡아오세요!"

"이씨 할아버지! 너무 무리 말고 무사히 다녀오셔야 해요!"

마치 마을의 수문장인 양 그렇게 낭창낭창하게 몸을 흔들며 고깃배마다 배웅을 했고, 그런 그녀의 모습에 오늘이 그녀의 부친 강씨의 기일이라는 것을 안 마을 사람들은 저마다 소소한 음식을 준비해 그녀의 조부를 찾아갔다.

나라에 바치는 공물에 등허리가 휘고 쌀 한 말을 얻기 위해 수백 리를 걸어야 하며 사시사철 시도 때도 없이 출몰하는 해적들에 목숨을 위협받는, 그렇게 하루하루 팍팍한 삶을 살아가는 가앙촌 사람들이지만 그래도 그들 사이의 정은 저 남해 바다만큼 깊고 진해서 또한 하루하루 웃고 살아갈 수 있는 그들이었다.

아무튼 그렇게 상아의 하루는 갔다.

떠났던 고깃배가 마을로 돌아오고 날이 저물었다. 집집마다 켜졌던 불빛이 하나둘 꺼지고, 바다에 스며든 별빛이 돛단배처럼 바람에 일렁였다.

그 일렁임이 눈이 부셨던 것일까?

어둠이 내려깔린 바다로 망연히 던지고 있던 눈에 어쩐 일인지 촉촉한 물기가 어린다. 하지만 그것도 잠시, 소매춤으로 간단히 눈물을 훔치고는 이내 바구니를 챙겨들고 활기차게 거북 바위를 내려오는 그녀다.

그런데 거북 바위를 내려와 집으로 가기 위해 해변을 되돌아가던 길이었다.

모래와 파도, 파도에 떠밀려 온 해초들만 듬성듬성 널려 있는 해변가에 웬 그림자 하나가 있었다.

'뭘까?'

의아해하며 어둠을 헤쳤다. 그러자 나타난 것은 웬 낯선 사내였다.

나이는 대략 사십 대 초중반, 파도가 밀려들어 엉덩이를 적시는데도 미동도 않고 멍하니 앉아 있는 것이 어딘지 정신이 나간 사람 같았다.

상아가 가까이 다가가 물었다.

"아저씨, 누구세요?"

분명 마을 사람은 아니었다. 외인이 거의 드나들지 않는 가양촌에 나타난 낯선 외인의 모습은 그녀에게 두려움보다는 호기심을 일으켰다.

상아의 물음에 그 사내가 바다를 향해 하염없이 던져 두었던 눈길을 상아에게로 돌렸다.

맑다. 검고 선명하며 일렁이는 바닷빛이 반사되어서인지 상아는 그 눈 속에 별님이 오셨다 생각했다. 그것이 남아 있는 작은 두려움마저도 지웠다.

상아가 사내에게로 더욱 얼굴을 가까이 가져다 대며 물었다.

"아저씨는 어디서 오셨어요?"

상아의 물음에 사내가 고개를 저었다.

"모……른다."

굵고 딱딱한 목소리였다. 그러면서도 거칠고 어눌하다. 마치 오래도록 말을 해 본 적이 없는 것처럼.

상아가 '피이' 입술을 삐죽 내밀었다.

"아저씨가 어디서 오셨는지 아저씨가 왜 몰라요?"

상아의 말에 사내가 잠시 사색에 빠진다. 그러다 이내 다시 고개를 젓는다.

"모른다. 난…… 어디서 왔지?"

"그걸 나한테 물으면 어떡해요?"

"기억이 나지 않으니까……."

"그럼 아저씨 이름은 뭔데요?"

"이름? 음……."

"설마 이름도 몰라요?"

사내가 고개를 끄덕였다.

"뭐예요, 정말. 이름도 모르고 어디서 온지도 모르고, 아는 게 아무것도 없잖아요. 아저씨, 진짜 바보 같애."

"바보…… 어쩌면 그럴지도."

사내가 씁쓸히 웃었다.

그 씁쓸한 웃음이 불쌍해 보인 모양이다. 상아가 위로랍시고 한마디 덧붙였다.

"저희 할아버지가 그러셨는데요, 사람은 좀 바보처럼 사는 것도 나쁘지 않대요. 우리 가앙촌 사람들은 안 그런데 저기 정남산(征南山)만 넘어가도 사람들이 어찌나 영악한지 열 마디 말을 하면 그중에서 아홉 마디가 거짓말이래요. 그래서 바른 말을 하는 건지 거짓말을 하는 건지 몰라서 옆집에 사는 사람들과도 말도 잘 안 한대요. 전부 다 의심병이 걸려 버린 거래요. 그렇게 살 바에야 그냥 바보처럼 사는 게 더 행복한 거래요. 그래도…… 나쁜 바보 아저씨는 안 돼요. 나쁜 바보 아저씨는 아무데나 오줌도 싸고 정씨 아줌마가 애써 말려 놓은 물고기도 훔쳐 먹는 나쁜 사람이니까. 그러니까 아저씨는 착한 바보 아저씨가 되어야 해요. 아니, 그냥 나랑 약속해요. 착한 바보 아저씨가 되겠다고 약속하시면 내가 아저씨를 데려가 줄게요."

"나를 데려간다고?"

"어차피 아저씨는 이름도 모르고 어디서 온 건지도 모르잖아요. 갈 데도 없을 거고. 그러니까 나랑 같이 가요. 나랑 같이 살아요. 그러니까…… 착한 바보 아저씨가 되실 거죠?"

상아가 눈을 반짝이며 사내를 본다.

그런 상아의 눈을 가만히 마주 보던 사내가 물었다.

"착한 바보 아저씨가 되려면 어떻게 해야 하지?"

"그냥…… 내가 하라는 것만 하고 하지 말라는 건 안 하면 돼요."

사내가 고개를 끄덕였다.

"네가 하라는 것만 하고 네가 하지 말라는 건 하지 않으마."

사내의 대답에 상아가 환하게 웃으며 손을 내밀었다.

"나는 상아예요. 강상아."

"난……."

상아가 내민 손을 잡으려다 잠시 멈칫하는 사내다.

그 마음을 읽은 상아가 손을 더 뻗어 사내의 손을 잡으며 말했다.

"사람은 원래 이름 따라 운명이 정해진대요. 그러니까 아저씨 진짜 이름이 기억날 때까지 아저씬 그냥 착한 바보 아저씨예요. 알았죠?"

사내가 다시 고개를 끄덕였고 상아가 그런 사내의 손을 잡아끌었다.

그렇게 사내는 상아와 만나 착한 바보 아저씨가 되었다.

* * *

"아직 오지 않았다고요?"

루하가 어리둥절한 표정으로 총관 양윤에게 물었다.

그들은 방금 사천에서 다시 쟁천표국으로 돌아온 길이었다. 그런데 양윤으로부터 이상한 소식을 들었다.

청광편에 대한 것을 세상에 퍼트리며 쟁천표국으로 향했던 천왕채가 아직 쟁천표국에 도착하지 않았다는 것이었다.

오직 쟁천표국에 들기 위해서 루하의 나팔수가 될 것을 자처했던 그들이다. 이미 한참 전에 쟁천표국에 도착해서 루하가 돌아오기만을 손꼽아 기다렸어야 할 그들이 왜 아직 오지 않고 있단 말인가?

"국주님께서 연통을 보내 오셔서 그들이 묵을 처소까지 따로 마련해 두고 기다렸습니다만 도착할 때가 되어도 소식이 없더군요. 그래서 따로 알아봤는데……."

"알아보니까요?"

"방산(方山)까지 온 행적은 확인이 되었습니다. 한데, 그 후로 귀신같이 종적이 묘연합니다."

루하가 더욱 어리둥절한 표정으로 설란을 본다. 하지만 설란 또한 어리둥절해하긴 마찬가지였다.

방산이면 이곳 쟁천표국과는 거의 엎어지면 코 닿을 정도로 지척이었다. 그렇게 지척에까지 와서는 갑자기 종적을 감추다니? 더구나 한두 명도 아니고 칠십 명이 넘는 대인원이 아니던가?

그렇게 루하와 설란이 그 영문 모를 상황에 황당해하고 있자 양윤이 조심스러워하며 덧붙였다.

"음…… 그 일과 이게 관련이 있는 건지는 잘 모르겠습니다만……."

"또 무슨 일인데요?"

"그게…… 들려오는 소식에 의하면 천왕채 사람들 말고도 요 근래 상당수의 무림인들이 실종되었습니다."

"실종이요?"

"예. 청광편 때문에 세상이 워낙에 난리통이라 정확한 수는 확인이 되지 않고 있지만, 일단 저희가 확인한 것만 해도 서른 명이 넘습니다. 더 이상한 것은 그 서른 명 사이에 별다른 공통점이 없다는 것입니다. 문파도 제각각이고 지역도 제각각이고 무공 수위도 삼류에서 최절정의 고수들까지 천차만별입니다. 다만 한 가지 공통된 점은, 물론 모두가 확인된 것은 아니지만 그들 중 대부분이 청광편을 먹었다는 것입니다."

루하가 미간을 찌푸렸다.

어떤 본능과도 같은 불길함이 엄습한 때문이었다. 아니, 그것은 불길함이라기보다는 불쾌감에 더 가까운 것이었다.

"음…… 이상해. 이상해. 이건 뭔가 좀 이상해."

루하가 연신 고개를 갸웃거리며 고민에 빠져 있다.

사천에서 돌아온 지 벌써 한 달이 지났건만 아직도 천왕채는 종적이 묘연한 상태다. 만검산채의 물건을 훔친 죄로 세상에 편히 누울 자리 하나 없는 그들에게 있어 쟁천표국만이 유일한 살길이자 또한 다시없는 기회임에도 쟁천표국으로 오지 않고 있다는 것은 분명 그들의 신상에 무언가 변고가 생겼다는 뜻이었다.

그들만이 아니다. 실종된 무림인들도 마찬가지다. 양윤으로부터 실종 소식을 듣고 여러 방면으로 알아봤지만 그들 역시 어떤 변고가 생긴 것이 틀림없었다. 물론 생사의 중간에서 언제나 죽음을 그림자처럼 이고 살아가는 것이 무림인이고, 내딛는 걸음마다 은원이 얽히는 곳이 무림이니만큼 어찌 보면 그들의 실종은 딱히 대수로울 것이 없는 일일지도 몰랐다. 그럼에도 루하가 이토록 고민을 떨치지 못하는 것은 역시 그들의 실종에 청광편이라는 공통분모가 존재하기 때문이었다.

일부 확인되지 않은 자들을 제외하고 대부분의 실종자들이 청광편을 먹었다.

청광편을 먹은 자들이 사라졌다. 다시 말하면 청광편을 먹으면 실종된다는 뜻이기도 했다.

대체 왜? 누가 그런 짓을 저지른단 말인가?

그러한 루하의 의문에 찜찜함을 더하는 것은 지난날의 기억이었다.

'안 돼! 위험해!'

닭수리가 물어온 청광편을 거두려 할 때 다급히 루하를 밀치며 연화가 했던 말이었다. 늘 마음 한편에 찜찜함으로 남아 있던 그 일이 지금의 실종 사건과 무언가 연관되어 있는 것 같은 느낌.

이번 실종 사건과 연화가 말했던 '위험'이 같은 의미일지도 모른다는 생각은 단지 지나친 비약인 걸까?

물론 직접 물어는 봤다. 하지만 연화에게선 어떠한 대답도 나오지 않았다.

과거와 루하, 그 둘을 두고 아직 선택을 하지 못한 것이다. 아니, 선택은 했지만 과거에 대한 미련을 아직 완전히 끊어 내지 못하고 있는 것 같았다.

강요하지 않았다. 서둘지도 않았다. 강요한다고 간단히 돌릴 수 있는 마음도 아니었고 조급해한다고 굳게 닫힌 입이 열릴 리도 만무하니까.

그 바람에 답답한 속만 타들어가는 루하였다. 그런데 그 무렵이었다. 가뜩이나 무엇 하나 명확한 것이 없어서 답답해하고 있는데 설란이 그의 머릿속을 더욱 헝클어 놓는 소식을 가져왔다.

"뭐? 혼천마교?"

루하가 어리둥절한 표정을 하며 설란이 내민 손을 내려다보았다. 거기에는 지난번 저저촌에서 발견했던 붉은 구슬이 들려 있었다.

설란이 고개를 끄덕였다.

"응. 분명 혼천마교의 신물이야. 외숙부님을 통해서 외할아버지께도 확인한 거니까 틀림없을 거야."

루하는 눈살을 찌푸렸다.

난데없이 혼천마교라니?

이미 수백 년 전에 사라진 혼천마교가 왜 갑자기 이 대목에서 등장을 한단 말인가?

"난 당연히 혈교일 줄 알았는데……."

혈교의 물건일 거라 생각했다.

연화가 그 괴물 강시를 가리켜 지켜야 하는 자라고 했을 때 직감적으로 깨달은 것은, 그들이 어쩌면 혈교에 의해 강제로 잡혀서 강시가 된 것이 아닐지도 모른다는 사실이었다. 어떤 안배나 목적에 의해 스스로 강시가 된 것일 수도 있겠다는 생각이 들었다. 그렇다는 것은 그녀가 혈교와 깊이 관계된 사람이거나 혈교의 교도였을 수도 있다는 뜻이었다.

그런 그녀가 그 붉은 구슬을 보고 과거의 기억을 떠올렸다. 당연히 루하로서는 혈교와 관계된 물건일 가능성에 무게를 둘 수밖에 없었던 것인데, 갑자기 혼천마교라 하니 가뜩이나 복잡한 머릿속이 더 혼란스러워질 수밖에 없었다.

혼천마교와 연화는 대체 무슨 관계란 말인가? 연화와 혈교는 또 무슨 관계이며, 백 년의 시차를 두고 명멸했던 혼천마교와 혈교, 두 집단 사이에는 무슨 연관이 있단 말인가?

풀리지 않는 수수께끼.

거기에 답을 줄 수 있는 것은 결국 연화뿐이다.

지금이라도 다시 찾아가서 추궁이라도 하고픈 심정이지

만 이 역시 조급해한다고 될 일은 아니었다.

"이것 참, 갑자기 뭐가 이렇게들 복잡해지는 거야?"

괴물 강시는 지금 이 순간에도 얼마나 더 강해지고 있을지 짐작도 되지 않는데 파운삼십육권은 여전히 먹통이다. 무림인들의 실종 사건만 해도 뭐가 뭔지 갈피를 못 잡겠는데 이젠 혈교에 혼천마교까지 등장해서 그의 골머리를 지끈거리게 한다.

"올해 나 혹시…… 삼잰가?"

조화지기를 얻은 이후로 그야말로 거칠 것 없이 승승장구해 온 것을 생각하면 정말이지 삼재수라도 낀 것 같았다.

"이럴 게 아니라 진짜 점쟁이라도 한번 찾아가 봐? 굿이라도 해?"

오죽 답답하면 그런 생각까지 할까마는, 그래도 모든 일이 아예 다 안 풀리는 것은 아니었다. 그 와중에도 딱 하나, 원하던 일이 이루어졌다.

"예? 팽호강이 왔다고요?"

양윤이 가져온 전갈에 눈이 번쩍 귀가 번쩍 뜨이는 루하다.

팽호강이라면 녹림의 왕을 만들어 주는 조건으로 혁련휘가 그동안 모은 청광편을 가져오기로 한 자였다.

"그래서? 청광편을 가지고 왔어요?"

"청광편인지는 모르겠지만 수레 하나를 끌고 오긴 했습니다."

양윤의 대답을 듣자 대번에 화색을 띠는 루하다. 루하는 지체하지 않고 자신의 처소를 나섰다. 그리해 도착한 쟁천표국의 정문 앞에는 어쩐 일인지 팽호강은 보이지 않고 허리가 꾸부정한 웬 노인 하나가 서 있었다.

주위를 아무리 둘러봐도 노인 외에는 아무도 없다.

이상함을 느낀 루하가 눈을 날카롭게 하며 노인을 살폈다. 그러다 어떤 낯익음에 흠칫한다.

"혹시……."

"예. 저 팽호강입니다."

노인의 입에서 흘러나온 목소리는 분명 팽호강의 목소리였다.

우와! 완전 소름 돋았다.

순간적으로 혹시 팽호강이 아닐까 생각을 했는데도 막상 그 젊은 목소리를 들으니 머리털이 다 쭈뼛 설 정도였다. 얼굴의 주름부터 손등의 검버섯까지, 이보다 더 완벽할 수가 없는 변장이었던 것이다.

루하가 연신 팽호강을 이리저리 살펴보며 감탄을 토했다.

"칼만 잘 쓰는 분인 줄 알았더니 변장술에도 능하실 줄은 미처 몰랐네요. 이 정도면 천면호리(千面狐悧)의 뺨따귀 정도는 후려치겠는데요?"

천면호리는 뛰어난 변장술을 무기로 사람들을 속여 돈을 갈취하는 희대의 사기꾼이었다. 어찌나 변장술에 능하고 화술이 뛰어난지 산동 악가(岳家)의 가주 악무군(岳武君)을 각각 다른 얼굴로 세 번을 연속으로 속인 일은 이미 세상에 모르는 사람이 없을 정도로 유명한 일화였다.

루하의 감탄에 팽호강이 시큰둥하게 대답했다.

"그야 천면호리가 직접 변장을 시켜 준 것이니까요."

"예? 그럼 이 변장이 천면호리의 작품이란 말입니까?"

사기꾼과 도적은 뭔가 통하는 게 있는 것일까?

"천면호리를 만나는 게 염라대왕을 만나는 것보다 어렵다고들 하던데, 천면호리와는 평소 친분이 있으셨던 겁니까? 아니면 이런 것도 다 돈을 주고 하는 겁니까? 돈으로 되는 거면 나도 한번 받아 보고 싶은데……."

팽호강의 변장을 새삼스럽게 뜯어보며 신기한 듯 요리조리 살피는 루하의 눈이 바쁘다. 하지만 연신 좌우를 살피며 불안한 눈을 굴리는 팽호강은 지금 그런 루하의 사소한 관심에 일일이 답을 해 줄 만큼 마음이 여유롭지가 못했다.

"자세한 이야기는 일단 들어가서 하면 안 되겠습니까?"

팽호강의 조급하고 불안한 목소리에 그가 세상의 쫓김을 받고 있다는 사실을 그제야 다시 인식한 루하가 머쓱하게 뒷머리를 긁적이며 고개를 끄덕였다.

"예. 뭐, 일단 들어가죠."

그리해 팽호강이 먼저 쟁천표국 문을 넘었고 루하가 그 뒤를 따랐다.

팽호강의 뒤를 따르며 그가 끌고 있는 수레에 자연스럽게 눈길이 가는 루하다.

'이게 그동안 만검산채에서 모은 청광편인가?'

일단 수레는 제법 컸다. 수레 속에 실린 목궤도 꽤 컸다. 크기만 보자면 사람 하나가 다 들어가고도 남을 정도였다.

과연 이 속에 청광편은 얼마나 들어가 있을까?

그렇게 루하가 궁금해하는 사이 그들은 쟁천표국의 문턱을 넘었고, 삼 장 높이의 두터운 목문이 닫혔다. 그리고 앞서 가던 팽호강이 수레를 멈췄다.

그 즉시 루하가 물었다.

"여기에 담긴 게 그겁니까?"

루하의 물음에 팽호강이 고개를 끄덕였다.

루하가 재차 물었다.

"한번 봐도 되겠습니까?"

루하의 물음에 잠시 머뭇하며 루하를 보는 팽호강이다.

아무래도 루하에 대한 확고한 신뢰가 없다 보니 물건부터 보여 주는 것이 꺼려지는 것이다. 하지만 어차피 이곳은 그에게 있어서는 용담호혈이었다. 어쩌면 천하 무림이 그를 노리고 있는 문밖보다 이 안이 더 무서운 곳일 수도 있었다. 루하가 다른 마음을 먹는다면 목숨이 백 개라도 살아날 길이 없으니까.

그럼에도 이곳까지 찾아온 것은 삼절표랑이라는 이름 때문이었다. 그 이름을 믿고 온 것인 만큼 또한 그 이름을 믿고 의지하는 수밖에 없다.

그리해 팽호강이 목궤의 뚜껑을 열었다.

순간,

"허!"

저도 모르게 탄성을 터트리는 루하다.

청광편이 목궤를 가득 채우고 있진 않았다. 그러나 그것만으로도 루하의 예상을 훨씬 넘어서는 것이었다.

기껏해야 삼사백 개, 많아야 사오백 개 정도일 거라 생각했다. 그런데 거기에 담긴 것은 얼핏 보기에도 일천 개는 넘어 보였다.

"이게 정확히…… 몇 갭니까?"

"천칠백 개에서 여섯 개가 모자랍니다."

"허!"

루하가 다시 한 번 탄성을 터트린다.

천칠백 개라니? 이 정도면 세상에 깔린 청광편은 거의 다 쓸어 담았다고 해도 과언이 아닐 터였다.

'이러니 천하 무림이 청광편을 찾고자 그토록 기를 써도 별 소득이 없을 수밖에.'

혁련휘 그 인간 정말 지독하게도 모았다.

그간 자신이 모은 것이 기껏 서른 개 정도인 걸 생각하면 놀라운 정도를 넘어 혹시 위에 깔린 것만 청광편이고 그 밑에는 죄다 그냥 돌멩이를 깔아 놓은 것이 아닐까 의심이 될 정도였다.

물론 그럴 리야 없다. 감히 삼절표랑을 앞에 두고 그런 얕은 수를 부릴 만큼 팽호강은 멍청한 자가 아니었다.

루하가 청광편에서 눈을 거두고는 팽호강을 본다. 그런 루하의 입가에는 흡족한 미소가 떠올라 있었다.

"그럼 이제 거래는 성립된 거로군요."

팽호강은 청광편을 그에게 가져오고, 그는 팽호강을 녹림의 왕으로 만들어 준다.

팽호강이 청광편을 가져왔으니 이제 남은 일은 약속한 대로 값을 치르는 것뿐이다. 문제없다. 팽호강을 녹림의 왕으로 만들 방법 정도는 이미 다 생각해 뒀으니까.

그런데, 그렇게 루하가 기분 좋게 이 거래를 마무리 지으려는데 어쩐 일인지 냉담하게 고개를 가로젓는 팽호강이다.

“저는 거래를 하러 온 것이 아닙니다. 제가 쟁천표국을 찾아온 것은 어디까지나 의뢰를 하기 위함입니다.”

“……?”

예상치 못한 말에 루하가 어리둥절해하며 미간을 찌푸렸다.

“의뢰……라구요?”

“예. 쟁천표국에 정식으로 표물 의뢰를 하겠습니다. 표물은 저와 이 수레에 담긴 물건의 절반, 의뢰비는 이 수레에 담긴 남은 절반, 그리고 목적지는…… 북해빙궁입니다.”

第五章

북해빙궁

북해빙궁(北海氷宮).

무림에 속해 있으면서도 또한 무림에 속해 있지 않은 곳.

무림사에 언제나 존재했지만 또한 그 실체가 언제나 모호하기만 한 신비지문.

그런 북해빙궁을 대표하는 격언이 있다.

'은혜는 두 배로 갚고 원한은 열 배로 돌려준다.'

딱히 특별할 것이 없는 말이다.

무림인이라면 누구나 한 번쯤은 입에 담아 본 적이 있는 흔하디흔한 경구였다. 그러나 그 말에 북해빙궁의 이름이 더해지면 그것은 더 이상 일상적이지도 통상적이지도 않은 말이 된다.

북해빙궁은 단 한 번도 그 말을 지키지 않은 적이 없으니까.

은혜는 반드시 두 배로 갚았고, 원한은 지옥 끝까지라도 쫓아가서 열 배로 받아냈다. 예외도 없었고 인정도 없었다. 남녀노소, 신분고하도 막론했다.

그리해 천 년이 흐른 지금 북해빙궁은 더할 수 없는 두려움과 비할 바 없는 신뢰가 동시에 공존하는, 막연하면서도 신비로운 문파로 무림인들의 뇌리에 깊이 각인되어 있었다.

그런데 지금 팽호강은 정확히 어디에 있는지 그 위치조차 불분명한 곳으로 자신을 데려가 달라고 한다. 그가 가져온 청광편과 함께.

그런 팽호강의 의도가 이해가 안 되어서 물었다.

"북해빙궁에 무슨 연고라도 있습니까?"

팽호강이 고개를 저었다.

"없습니다."

"그럼 혹시 이미 그쪽과 무슨 약조라도 되어 있는 겁니까?"

"아닙니다."

"근데 왜! 왜 난데없이 북해빙궁입니까?"

"북해빙궁은 중원 무림이 넘볼 수 없는 유일한 곳이니까요. 이 물건들 중 일부를 대가로 치른다면 북해빙궁은 분명 절 은(恩)의 연(緣)으로 대해 줄 겁니다."

"나도 당신을 보호해 드린다니까요? 녹림도의 가장 높은 자리에도 앉게 해 드린다 했잖습니까?"

"그래 봤자 꼭두각시가 아닙니까? 남의 꼭두각시로 평생을 살 생각 추호도 없습니다. 설혹 당신 덕에 그 자리에 오른다 한들 그런 꼭두각시 따위 녹림의 그 누구도 인정해 주지 않을 것입니다."

인맥도 재물도 통하지 않는다.

거칠고 과격하고 무식하지만 그래서 더 철저하게 강자존의 철칙에 따라 움직이는 것이 녹림이라는 곳에서 살아가는 자들의 생리다.

삼절표랑의 이름 앞에 입은 다물지언정 결코 머리를 조아리지는 않을 것이다. 하물며 어쨌거나 루하는 그가 모시던 산채의 두령을 죽이기까지 하지 않았던가.

아무리 녹림의 의리가 바람 앞에 흩날리는 마른 풀잎처럼 가벼운 것이라 해도 원수의 종노릇까지 묵인될 만큼 가볍지는 않았다.

"저는 누군가의 꼭두각시가 되는 것도 싫고 허수아비 왕이 되는 것도 싫습니다. 게다가 소용이 다한 다음에 당신이 저를 버리지 않는다 어찌 장담하겠습니까?"

루하의 명성이 아무리 높다고 해도 그 이름이 세상에 알려진 것은 기껏해야 오 년이었다. 이름만으로 믿음을 갖게 하게에는 턱없이 얕은 시간이었다.

"해서 저는 그저 북해빙궁, 그 천 년의 이름을 믿기로 한 것뿐입니다."

한 마디 한 마디 내뱉는 말은 단호했고 그 눈빛은 결연했다. 하지만 루하는 콧방귀를 꼈다.

"흥! 그게 아니겠지. 당신은 그저 이걸 전부 다 나한테 넘기는 게 아까운 것뿐이잖아?"

뭐라고 변명을 늘어놓아 봐야 결국 이유는 청광편에 대한 욕심이다. 그러고 보니 우희산에서 처음 만났을 때와 지금의 팽호강은 그 기운이 사뭇 달라져 있었다.

모르긴 몰라도 그 사이 청광편을 먹은 것이 틀림없었다.

'하긴, 그러니까 감히 내 앞에서 이 따위 짓을 벌이는 거겠지.'

한번 그 맛을 봤다면 없던 욕심도 생길 만한 물건이니까.

"근데……."

루하가 비릿하게 입꼬리를 말아 올렸다.

"내가 왜 이 의뢰를 받아들여야 하지?"

"무슨……?"

"당신이 여기 온 건 당연히 아무도 모를 테고 이 안에서 일어나는 일이 저 담장 밖으로 새어 나가는 일은 더더구나 없으니, 그냥 이 자리에서 당신 목을 따 버리면 절반이 아니라 전부가 내 것이 될 텐데 내가 왜 번거롭게 당신을 북해빙궁까지 모셔 가야 하냔 말이지."

루하의 말이 허투루 하는 말 같지가 않은지 주춤 걸음을 물리며 경계를 하는 팽호강이다. 하지만 이 정도 위협쯤은 이미 충분히 예상하고 있었다는 듯 당당히 대꾸했다.

"천면호리의 변장술로 모습을 바꾸긴 했지만 그래 봤자 어차피 저는 천면호리가 아닙니다. 지금 잠시 세상의 눈을 피했다고 해도 제 행적은 금방 들통이 날 것이고, 이곳에서 행적이 끊겼다는 것도 알려지게 되겠죠. 그럼 가장 첫 번째로 의심을 받게 되는 것은 당연하게도 국주님이십니다."

"그깟 의심 좀 받는다고 내가 눈썹이나 까딱할까?"

"물론 삼절표랑이 하는 일에 어느 누구도 감히 대놓고 뭐라 하진 못하겠죠. 하지만 적어도 이곳 쟁천표국의 명성에는 큰 흠이 날 것입니다. 재물에 눈이 멀어 표물을 의뢰하러 온 의뢰인의 목을 치고 그 표물을 빼앗았다고 하면 그건 더 이상 표국이라 할 수 없으니까."

표국이 아니라 그 자체로 이미 녹림과 하등 다를 바가 없게 된다.

"그러니 국주께서 이곳 쟁천표국의 현판을 스스로 내리실 작정이시라면 지금 당장 제 목을 치십시오. 기꺼이 목을 내어 드리겠습니다. 허나, 그러지 않으실 거라면 제 의뢰를 받아 주십시오. 표행 한 번의 대가로 이 수레의 절반이라면 결코 값을 싸게 치르는 것은 아니지 않습니까?"

당당하고 여유롭다.

이미 루하의 입에서 나올 대답을 다 알고 있는 듯한 태도였다.

루하가 생각하기에도 지금 이 상황에서 그가 선택할 수 있는 길은 하나뿐이었다.

의뢰를 받아들이는 것.

그간 쌓은 명성에 흠집을 내고 싶지도 않고 쟁천표국의 현판을 내리고 싶지도 않다. 녹림도 취급받는 건 더더구나 싫다.

다만 마치 자신을 손바닥 위에 올려놓고 있는 듯한 팽호강의 태도가 그저 기분이 나쁜 것이다.

그래서 결정을 미뤘다.

"알겠습니다. 한번 신중히 검토를 해 보도록 하죠. 그냥 간단하게 당신의 목을 치고 이 물건들을 다 가질지, 아니면 어렵고 복잡하고 얻는 것도 절반밖에 되지 않지만 그럼에도 불구하고 당신 의뢰를 받아들일지."

*　　*　　*

"어쩌려고?"

팽호강이 쟁천표국에 든 지 열흘째, 루하가 아직도 결정을 내리지 않고 있자 설란이 그렇게 물었다.

"어차피 그 의뢰, 받을 거잖아?"

루하의 성격을 가장 잘 아는 만큼 그가 내릴 결론 또한 어떤 것이 될지 빤히 다 보이는 그녀였다.

루하도 부정하진 않았다.

"그래, 그럴 거야. 근데 괘씸하잖아. 누군 할 일 없어서 녹림의 왕을 시켜 주겠다 한 줄 알아? 난 그래도 내 나름대로 호의를 베푼 거였다고. 사람의 호의는 몰라 주고 거래가 아니라 의뢰를 하러 왔다고? 뭐? 북해빙궁이 더 믿음이가? 대체 나에 대해서 알면 얼마나 알고 북해빙궁에 대해선 또 얼마나 안다고 그딴 소리를 하는 거야? 청광편 몇 개

쥐여 준다고 북해빙궁이 저를 받아준다는 보장이 어디 있냔 말이야."

"널 상대로 이런 의뢰를 해 온 것을 보면 도적치고는 영리한 사람이야. 그런 사람이 북해빙궁에 대해 그만한 복안도 없이 이런 제안을 해 올 리가 없지. 분명 북해빙궁에 대해 우리가 생각하는 것보다 훨씬 더 많은 것을 알고 있거나, 뭔가 북해빙궁의 마음을 얻을 확실한 비책을 가지고 있는 게 틀림없어."

"영리하긴 개뿔! 도적놈 주제에 본분을 망각하고 있는 것뿐이지. 아니, 도대체가 도적이 표국에 표물을 의뢰한다는 게 어디 말이나 될 법한 일이냐고?"

"녹림도한테 표물을 의뢰받는 표국도 아마 무림사에 처음일걸? 음…… 이것도 나름 뜻 깊은 일이긴 하네. 안 그래?"

"안 그래! 안 그래! 놀림거리나 되지 않으면 다행이지! 진짜 이게 대체 무슨 황당무계한 일이냔 말이야."

"그래도 마냥 이렇게 미적거릴 수만은 없는 일이잖아?"

"뭐 어때? 그 인간한테나 급한 일이지 나야 급할 것도 없는 일인데? 그 인간, 지금 이 순간에도 아주 똥줄이 바짝바짝 타고 있을걸?"

목숨이 간당간당한 처지니 모르긴 몰라도 일각이 여삼추

같을 것이다.

"미루고 미뤄서 아주 똥줄이 말라비틀어질 때까지 한번 냅둬 볼 참이야."

자신의 호의를 보기 좋게 걷어찬 데 대한 소심한 복수다. 어느덧 루하의 입가에는 득의한 미소까지 걸려 있다.

설란도 콩깍지가 씌긴 씌었나 보다. 그런 쪼잔한 모습마저도 귀여워 보이니 말이다. 하지만 마냥 호응을 해 줄 수는 없다.

"너도 그렇게 여유 부릴 수 있는 상황은 아닌 것 같은데?"

설란의 말에 루하가 의아해한다.

"여유 부릴 수 있는 상황이 아니라니?"

"그 사이 바깥 분위기가 많이 바뀌었어."

"……?"

"아까 낮에 요 앞 장터에 잠깐 나갔는데, 못 보던 얼굴들이 많이 보이더라고. 풍기는 기운도 다들 제각각이고."

루하가 눈살을 찌푸렸다.

"설마 팽호강 그 인간이 여기에 있다는 게 벌써 세상에 알려지기라도 했다는 거야?"

"아마도. 녹림도는 물론이고 구대문파의 제자들까지 더러 보이는 것을 보면 알 만한 사람들은 다 안다고 봐야겠지?"

"안 들키려고 천면호리한테 변장까지 받았다던데 뭐가 이렇게 빨라?"

"그만큼 세상 모든 탐욕이 집중되어 있는 일이니까. 아마도 시간을 지체하면 지체할수록 더 많은 탐욕이 몰려들겠지. 그리되면 번거로운 일도 많아질 테고."

그녀의 말은 한 치의 틀림도 없었다. 아니, 그녀가 예상했던 것보다 훨씬 더 번거로운 일이 루하에게 닥쳤다.

바로 이튿날 아침, 정말이지 어처구니가 없게도 스스로를 녹림십팔채라 밝힌 자들이 쟁천표국의 문을 두드린 것이다. 그것도 무려 삼천 명이 넘는 대인원이.

"……."

소식을 듣고 달려 나온 루하가 쟁천표국의 정문 앞을 멍하니 바라본다.

그야말로 문전성시에 인산인해다.

인상 참 더럽게 생긴 수천 명의 도적은 물론이고 그 좌우로 수를 헤아릴 수도 없이 많은 구경꾼들이 빼곡히 들어차 이 진귀한 구경거리에 더러는 두려운 시선을 던지고 더러는 신기해하며 더러는 경계와 불쾌감을 드러내고 있다.

대체 이게 다 무슨 일인가 싶다.

산에서 산적질이나 하고 있어야 할 자들이다.

늘 죄를 짓고 살아가기에 산적질을 할 때 말고는 얼굴 드러내기를 극히 꺼리는 자들이 어찌 이 백주대낮에 저렇듯 사람들의 이목을 끌며 버젓이 얼굴을 드러내고 있는 것인지, 말이 녹림십팔채지 워낙에 모래알 같은 집단이라 두 개의 산채가 한 자리에 모일 일도 거의 없는 자들인데 어찌 저 대인원이 이렇듯 한자리에 모여 쟁천표국의 앞을 막고 있는 것인지 도무지 알 수가 없다.

루하만이 아니었다.

루하보다 먼저 이 소식을 듣고 달려 나와 있는 장청과 모웅, 그리고 쟁천표국의 표사들 모두가 이 난데없는 상황에 황당해하고들 있었다.

그때였다.

삼천의 녹림도들 중에서 좀 더 사납고 좀 더 인상이 더러우며 좀 더 강해 보이는 열일곱 명의 사내들이 앞으로 나섰다. 아무래도 녹림십팔채의 두령들인 듯싶었다. 하지만 그들은 그러고도 얼마간은 루하의 눈치를 보며 쭈뼛대기만 하고 있었다.

답답해진 루하가 짜증스레 물었다.

"당신들…… 무슨 일로 여기서 이러고들 있는 겁니까?"

"……."

루하의 물음에 이번엔 자기들끼리 눈치를 본다.

더 답답해진 루하가 다시 뭐라 말을 하려는데, 그때 마침 말상에 팔자수염을 한 사내가 입을 열었다.

"우리는 녹림십팔채의……."

하지만 그의 말이 채 끝나기도 전에 루하가 손사래를 쳤다.

"당신들이 녹림십팔채라는 건 이미 아까 소개를 받았으니 됐고, 그래서 녹림십팔채의 영웅들께서 무슨 일로 내 표국 앞에서 이러고들 있는 거냔 말입니다."

"그, 그게……."

루하가 추궁하듯 거칠게 묻자 말상에 팔자수염을 한 사내가 움찔 놀라며 주춤 뒤로 물러선다. 그러자 대신 그 옆에 있던 사내가 제법 강단 있게 말했다.

"우리는 우리의 물건을 돌려받으러 왔소이다!"

"당신들 물건?"

"배신자 팽호강이 훔쳐간 그 물건 말이오! 그건 우리 녹림십팔채가 정당하게 모은 녹림십팔채의 것이오! 그러니 당장 우리에게 다시 돌려주시오!"

그러니까 저들의 말인즉슨, 팽호강이 가져온 청광편은 팽호강의 것이 아니라 녹림십팔채의 것이고, 팽호강은 녹림십팔채의 것을 훔친 것에 불과하니 원주인인 자신들에게 돌려 달라는 것이었다.

루하가 무슨 말 같지도 않은 소리냐며 물었다.

"그게 어째서 당신들 거라는 건데? 내가 알기로는 녹림십팔채와는 상관없이 만검산채에서 독자적으로 모은 거라더만."

"만검산채는 엄연히 녹림십팔채에 속해 있고 죽은 혁 채주는 녹림십팔채의 총표파자였소. 여러 분란을 방지하기 위해서 독자적으로 진행을 했다고 해도 그 물건은 분명 녹림십팔채의 재기를 위해서 쓰였을 것이오! 그러니 고인의 뜻을 생각해서라도 그건 우리가 가져감이 마땅하오이다!"

"그러니까 고인의 뜻이 어땠는지 당신들이 그걸 어떻게 알아? 가장 가까이에서 모셨던 수하조차 거기에 대해선 한마디 말도 듣지 못했다고 하던데, 당신들이 점쟁이야? 접신이라도 했어? 억지도 정도껏 부려야지, 가당치도 않게 지금 어디 와서 생떼 짓이야!"

그렇게 추궁하는 루하의 눈매가 매서웠다.

그 바람에 녹림십팔채의 수장들이 움찔하며 목을 움츠린다. 하지만 그들에게도 아직 할 말은 있었다.

이번엔 그들 중 우락부락한 인상에 얼굴의 절반이 수염으로 덮인, 가장 도적에 어울리는 얼굴을 한 사내가 나섰다.

"가당치도 않는 것은 오히려 당신이 아니오! 혁 채주를 죽인 장본인이 혁 채주가 남긴 물건을 취하다니? 이건 강도짓이잖소? 세상이 다 보고 있는데, 천하 무림의 추앙을 받는 삼절표랑이 지금 강도짓을 하고 있는 것이 아니냐 이 말이오!"

어이가 없다.

녹림의 도적들에게 강도짓을 하고 있다 비난을 받게 될 줄은 상상도 못 했다. 하지만 루하를 더 어이없게 만드는 것은 이곳에 모인 구경꾼들의 반응이다.

물론 대부분은 녹림도들이 감히 삼절표랑에게 강도짓 운운하는 것을 어처구니없어 한다. 하지만 개중에는 그들의 논리가 그다지 틀린 것이 아니라며 동조의 시선을 보내는 자들도 적잖았다.

무림인들이다.

모르긴 몰라도 그들 대부분은 혁련휘의 청광편을 차지하기 위해 팽호강을 노렸던 자들일 것이다. 루하의 등장으로 졸지에 닭 쫓던 개가 되어 그 불만을 지금 루하에게 눈빛으로나마 퍼붓고 있는 것이었다.

그런 시선들 따위 신경 안 쓴다.

다만 이 모든 상황들이 짜증이 날 뿐이다.

자신의 호의를 거절하고 거래가 아닌 의뢰를 들고 온 팽호강도 짜증 나고, 적반하장도 유분수지 자신에게 도리어 강도짓 운운하는 저 도적놈들도 짜증 난다. 정사 할 것 없이 이해득실을 따지느라 바쁘게 눈알을 굴려 대는 무림인들의 간사한 면면들도 그의 심사를 뒤틀리게 했다.

정말이지 성질 같아서는 허락 없이 자신의 집 앞마당을 차지하고 있는 저 녹림십팔채부터 당장에라도 확 쓸어버리고 싶었다.

하지만 그러기에는 보는 눈이 너무 많다. 그의 돌발적이고 충동적인 행동을 방지하기 위해 일부러 저렇듯 떠들썩하게 녹림십팔채 전원을 대동한 것이라면 확실히 효과는 있었다. 아무리 거칠 것 없는 루하라도 이리저리 엇갈리는 이 많은 시선들 앞에서 성질대로 해 버릴 만큼 막나갈 수는 없는 것이다.

잠시 짜증과 불쾌감을 가득 담아 녹림십팔채와 주변 무림인들을 훑어가던 루하가 표사 허충에게 명했다.

"팽호강 그 사람을 불러오세요."

루하의 명에 허충이 내원으로 급히 달려 들어갔고, 얼마지 않아 팽호강이 모습을 드러냈다. 팽호강이 나타나자 그때까지도 소란스럽기만 하던 장내가 갑작스럽게 조용해졌다.

여러 감정들이 엇갈린다.

더러는 루하가 왜 팽호강을 불러냈는지 의문에 휩싸이기도 하고, 더러는 코앞에서 놓쳐 버린 대어를 다시 보게 되자 쓰디쓴 아쉬움을 드러내기도 한다.

그러한 분위기 속에서 루하가 입을 열었다.

"당신들이 오해를 하고 있는 것 같아서 분명히 말해 두겠는데, 여기 이 사람이 날 찾아온 건 그 물건을 나한테 넘기기 위함이 아냐. 난 이 사람한테 아직 아무것도 받은 게 없어."

"허면 저자가 무엇 때문에 쟁천표국에 들었단 말입니까?"

말상의 팔자수염이 그렇게 묻자 루하가 팽호강을 보았다.

"내가 백날 말해 봤자 믿을 것 같지 않으니까 저 사람들한테 당신이 직접 말하세요. 당신이 여기에 뭘 하러 왔고, 나한테 뭘 요구했는지."

루하의 말에 잠시 곤란한 표정을 짓는 팽호강이다. 하지만 입을 닫고 있을 수 있는 상황이 아니었다. 녹림십팔채는 물론이고 이 자리에 있는 모든 무림인들이 매섭게 그를 노려보고 있었고, 그런 상황에서 그의 명줄을 틀어쥐고 있는 것은 루하였고 그가 유일하게 의지할 수 있는 존재 또한 루하였다.

"나는…… 내가 쟁천표국을 찾아온 것은…… 표물을 의

뢰하기 위함이었소."

순간 웅성임이 일었다.

"표물을 의뢰하다니? 무슨 표물을……?"

모두가 의아해하자 이번엔 루하가 그 말을 받았다.

"무슨 표물은 무슨 표물이야. 당신들이 그토록 오매불망 찾아다니던 물건이지!"

"……."

"그래, 맞아. 당신들 말대로 나한텐 권리 없어. 근데 권리가 없는 건 당신들 또한 마찬가지야. 상속권으로 따지자면 여기 이 사람이 가장 높은 서열인 건 아무리 무식한 당신들도 부정할 수 없을 테니까. 그러니까 날 당신들이랑 같은 취급 하지 말란 말이야. 이 사람은 자신의 물건을 정당한 절차에 따라서 나한테 의뢰를 한 것이고, 그리고 지금! 난 쟁천표국의 국주로서 그 의뢰를 받아들이기로 했으니까. 다시 말해 이제부터 그 물건은 정식으로 쟁천표국의 표물이라는 말이야. 또한 그건 내가 당신들한테 강도짓이니 고인의 뜻이니 그딴 개소리를 들어야 하는 하등의 이유가 없다는 뜻이고! 그래도 납득을 못 하겠으면 표행일은 나흘 후, 목적지는 북해빙궁이니까 얼마든지 뺏어 봐. 당신들이야말로 강도짓이 전문인 사람들이잖아."

*　　*　　*

"북해빙궁을 말씀하실 필요까지는 없지 않았습니까?"

팽호강이 루하를 쫓아오며 볼멘소리를 한다.

그의 입장에서야 당연한 불만이다. 전 무림의 목표가 되어 쫓기는 처지에 행선지가 알려져서 좋을 게 없는 것이다.

루하가 걸음을 멈추고 팽호강을 본다.

"이미 세상이 다 우리를 주목하고 있는 상황에서 표행을 나가는 건데, 설마 목적지가 안 들킬 거라 생각했습니까?"

"그거야 그렇지만……."

"뭘 새삼스럽게 약한 소리를 하십니까? 북해빙궁 천 년의 역사를 믿어 보시겠다면서요? 나보다 더 믿음이 간다면서요? 그래서 내 호의도 마다한 거잖습니까? 그럼 북해빙궁까지만 무사히 가면 안전이야 확실하게 보장될 텐데 뭘 새삼스럽게 약한 소리를 하십니까?"

루하의 말투는 퉁명스럽고 까칠했다.

사실 팽호강의 말대로 굳이 북해빙궁의 이름을 내뱉을 필요까진 없었다. 어렵기야 하겠지만 루하가 마음만 먹으면 목적지를 들키지 않고 그를 북해빙궁까지 무사히 데려가는 것이 아예 불가능한 일도 아니었다.

다만 그렇게까지 배려를 해 줄 의무도 의리도 없었을 뿐이다. 아니, 조금 더 보태자면 북해빙궁에서 얼마나 안전할 수 있는지 어디 한번 두고 보자는 심보도 있었다.

그렇게 사사롭고 소소한 복수심에서 내뱉은 말이었다. 그런데 그 말이, 북해빙궁이란 이름이 이곳에 달려온 무림인들에게는 적잖은 파장을 불러일으키고 있었다.

"북해빙궁으로 간다니…… 그리되면 우리에겐 영영 기회가 없어지는 것이 아니오?"

독성채(毒星寨)의 채주 유당(柳戇)이 심각한 표정으로 녹림십팔채의 다른 두령들을 둘러본다. 다른 두령들의 표정도 유당과 크게 다르지 않다.

그도 그럴 것이 아무리 세상 거칠 것 없이 살아온 그들이라도 무서운 것이 세 가지가 있었다. 첫 번째는 삼절표랑이고 두 번째는 강시, 그리고 세 번째가 바로 북해빙궁이다.

직접 눈으로 목격을 한 것도 아니고 몸소 그 무서움을 체험한 것도 아니다.

그럼에도 침범할 용기를 낼 수가 없는 곳. 대녹림 시대를 맞아 구대문파도, 관도, 두려울 것 없이 무림을 질타해 온 녹림도의 거두들조차 절대로 건드리고 싶어 하지 않는 곳. 그것이 오래도록 중원 무림인들에게 깊이 각인된 북해빙궁이라는 이름이었다.

그런데 삼절표랑 하나로도 모자라서 북해빙궁은 또 뭐란 말인가?

"이거 완전 산 넘어 산이 아닌가."

묵성채(墨城寨)의 채주 곡상천(曲祥釧)이 답답하다는 듯 사납게 얼굴을 일그러트린다.

여기까지 온 것만 해도 그들로서는 정말이지 크게 용기를 낸 것이었다. 도저히 그냥은 포기를 못 하겠어서, 죽기 아니면 까무러치기라는 심정으로 억지떼를 써 본 것이었다.

그런 중에도 권리를 주장할 충분한 명분이 있기에 전부는 아닐지라도 어느 정도의 지분은 챙길 수 있을 거라 기대를 했다.

한데 루하가 팽호강의 표물 의뢰를 받아들이겠다고 한 순간, 그리고 그 목적지가 북해빙궁이라고 한 순간 모든 기대가 일순간에 무너져 버렸다.

납득을 못 하겠다면 얼마든지 빼앗아 보라고 했지만 대체 무슨 수로 삼절표랑으로부터 표물을 빼앗는단 말인가? 그 목적지가 북해빙궁만 아니라면 표행이 끝난 다음을 노려볼 수도 있겠지만, 이젠 그마저도 여의치가 않게 되었다.

"그럼 이대로 포기해야 하는 겁니까?"

루하에게 가장 먼저 말을 걸었던 말상의 팔자수염이 조심스럽게 다른 두령들의 눈치를 살핀다. 지난번 연화에게 몰살을 당했던 군웅일왕채를 대신해 얼마 전 새롭게 녹림십팔채의 한자리를 차지하게 된 황석채(黃石寨)의 진무양(秦舞陽)이다. 진무양의 말에 그 옆의 사내가 버럭 소리를 질렀다.

"그건 안 되지! 누가 뭐라 해도 그건 우리 녹림십팔채에서 나온 것이라고! 우리가 주인이라고!"

"강 채주의 말씀이 맞소! 이대로 포기할 수 없소이다. 녹림의 녹을 먹고 있는 우리가 도리어 제 물건을 빼앗겼다고 하면, 앞으로 누가 우리 녹림십팔채를 두려워하겠소?"

순수한 탐욕에 명분을 덧씌운 탐욕이 거든다.

"허나 방법이 없지 않소! 방법이! 그 고강하던 혁 채주조차 단 일 수에 죽인 자가 삼절표랑이오. 그런 자를 우리가 무슨 수로 당해 낸단 말이오?"

현실이 탐욕을 누르고.

"어쩔 수 없는 일이오. 이미 우리가 어찌할 수 있는 일이 아니외다. 이미 우리 손을 떠난 물건이란 말이외다."

그 현실은 이내 체념으로 이어진다.

그렇게 엇갈리는 의견들 속에서 모두의 시선만큼은 한군데로 모여지고 있었다.

녹림십팔채 열일곱 명의 두령들 중 유일하게 단 한 마디도 하지 않고 있는 사내.

과연 녹림십팔채의 두령이 맞나 싶을 만큼, 문사건만 하나 두르면 그걸로 문사라고 해도 믿을 만큼 이목구비가 선하고 눈매가 깊은 사내.

만검산채와 더불어 녹림십팔채 중 가장 강한 산채로 알려진 혈천금강채의 채주 이목(李穆)이다. 혁련휘가 살아 있을 때는 녹림십팔채의 이인자였고 혁련휘가 죽은 지금은 명실상부 현 녹림십팔채의 수장이었다.

그렇게 모두의 시선을 한 몸에 받으며 그동안 잠자코 듣고만 있던 이목이 좌중을 둘러보며 입을 열었다.

"아직은 포기할 때가 아니지요. 조급히 결정해야 할 이유가 없습니다. 북해는 멀고도 먼 곳이니까. 삼절표랑도 사람이고 사람이 하는 일인데, 기다리다 보면 기회야 생기지 않겠습니까?"

이목이 입가에 웃음 한 자락을 그렸다.

아주 가느다란…… 그런데 그 가느다란 웃음 한 자락에 이목의 선한 얼굴이 묘하게 뒤틀린다.

차갑다. 음험하다. 섬뜩하다.

냉면살소(冷面殺笑).

그 얼굴이야말로 녹림도 중 그 손속이 가장 잔인하다는 냉면살소 이목의 진면목이었던 것이다.

第六章

거짓말을 하는 아이

어쨌거나 그렇게 북해빙궁으로의 표행이 결정 나고 쟁천표국은 바로 표행 준비에 들어갔다. 표행 준비라고 해 봤자 사실 수레 한 대가 전부이기에 표사들은 개인 물품만 챙기면 되어 여유로웠다.

하지만 하루하루 표행일에 가까워질수록 표사들의 표정에는 긴장감이 짙어졌다. 표국 밖의 분위기가 하루가 다르게 살벌해지고 있는 까닭이다.

녹림십팔채만 해도 쉽게 물러날 분위기가 아닌 데다, 녹림십팔채 외에도 신경을 곤두서게 하는 시선들이 사방에서 느껴졌다.

정사도 구분 지을 수 없고 적아도 모호하다.

아무래도 편한 표행길이 되진 않을 것 같았다. 그 무시무시한 강시도 거뜬히 상대해 온 그들이지만 그거야 어디까지나 무기의 이점과 강시를 상대하는 요령 덕분일 뿐, 개개인의 실력 자체는 아주 뛰어난 편들이 아니기에 그들에겐 오히려 강시보다 사방에서 탐욕의 눈길을 던져 오는 무림인들이 더 껄끄러운 상대일 수밖에 없었다.

각오를 단단히 했다.

하지만 그런 한편으로 설레기도 한다.

이젠 이런 긴장감을 즐길 수 있을 만큼 표사로서의 관록이 쌓인 데다 전설처럼 회자되어 온 북해빙궁이란 이름이 그 자체로 기분 좋은 호기심을 자극하기 때문이었다.

더구나 지금까지 늘 절반씩 인원을 나눠서 표행을 하던 것에 반해 이번 표행은 정말 오랜만에 쟁천표국 전 표사가 참여하는 것이었다. 거기다 그들에겐 이제 자부심이자 자랑이 된 루하까지 동행한다. 루하가 같이 간다는 것만으로도 모든 껄끄러움과 두려움은 오히려 설렘이 되고 기대가 되는 것이다.

그러한 분위기 속에서 하루가 가고 또 이틀이 갔다.

표사들과 마찬가지로 루하도 차분히 표행을 준비했다. 그런데 표행을 하루 앞둔 날 저녁, 생각지 않은 손님이 쟁천표국을 찾아왔다.

"외숙부님이 여긴 어떻게……?"

황급히 달려 나오던 설란이 쟁천표국의 문을 넘고 있는 사내를 보며 놀란 눈을 했다.

"그간 잘 있었느냐?"

설란에게 그렇게 말을 건네 오는 사내는 다름 아닌 설란의 외숙부이자 단씨 세가의 소가주 백일검 단형우였다.

"외숙부님께서 여긴 정말 어쩐 일이세요?"

이곳으로 이사하기 전부터 단 한 번도 쟁천표국을 찾은 적이 없는 단형우였다. 루하의 이름이 커지면 커질수록 오히려 그 이름에 기대는 것을 경계하고 조심하던 그의 갑작스러운 방문이 설란으로서는 너무 뜻밖이었다.

설란의 물음에 단형우가 뭐라고 막 답을 하려는데,

"어쩐 일이긴 어쩐 일이겠어? 혁련휘의 보물 때문이지."

갑작스럽게 끼어든 목소리에 설란이 뒤를 돌아보았다.

단형우의 방문 소식을 들은 루하가 시큰둥한 표정을 하고는 그들 쪽으로 터덜터덜 걸어오고 있었다.

"오랜만입니다, 정 국주."

단형우가 먼저 포권을 취했고 루하가 여전히 시큰둥한 표정으로 손을 저었다.

"그동안 그렇게 한번 오시라 청해도 얼굴 한 번 안 비추시더니, 혁련휘의 보물이 요물은 요물인가 봅니다. 외숙께서 여기까지 다 걸음을 하시고."

루하의 말투에는 서운함이 잔뜩 묻어 있었다.

단형우가 쓴웃음을 머금었다.

일부러 찾지 않았다. 루하의 이름이 커지고 쟁천표국의 명성이 높아질수록 더 거리를 두고자 했다. 루하의 그늘로 들어가면 단씨 세가의 세력은 지금보다 훨씬 더 커질 테지만, 자칫 그 그늘에 안주했다가는 수백 년을 고고히 지켜온 단씨 세가의 이름이 그 큰 그림자에 삼켜져 버릴 수도 있었다. 세상은 단씨 세가의 이름 앞에 항상 쟁천표국의 이름을 먼저 놓게 될 것이고 단씨 세가를 떠올리기에 앞서 삼절표랑을 먼저 떠올릴 것이니 말이다.

그럼에도 지금 이렇게 쟁천표국을 찾았다.

루하의 말대로 청광편 때문이었다.

"가까운 거리가 아닌데 언제 소식을 듣고 여기까지 오신 겁니까?"

"일도탈명이 혁련휘가 남긴 보물을 찾고 있다는 소식을 접한 후로 그의 행적을 계속 쫓고 있었습니다."

"혁련휘의 보물을 빼앗으려구요?"

"예."

"그거 엄연히 강도짓인데, 너무 당당한 거 아닙니까? 명색이 정도무림을 대표하는 단씨 세가의 소가주님께서?"

"그것이 어떤 경로로 얻은 것이든 도적들의 손에 있다면 그건 주인이 없는 물건입니다. 도적들에게 있어 세상 모든 것이 주인이 없는 것처럼 말입니다. 그러니 그들의 물건을 빼앗는다고 해서 강도짓이라 할 수는 없지 않겠습니까?"

"저 밖의 염치없는 도적들에게도 들려주고 싶은 말씀이네요."

진심이었다.

실제로 표행 의뢰였고 또 그 의뢰를 받을 결심을 하고 있었는데도 불구하고 원래의 주인은 녹림이라느니, 그에겐 혁련휘의 보물을 가질 자격이 없다느니 떠들어 대던 녹림 십팔채의 두령들에게 자신이 취하려는 것이 아니라 그저 표행 의뢰를 받았을 뿐이라 말한 것이 그렇잖아도 찝찝하던 참이었다. 왠지 그들의 기세에 밀린 것도 같고 궁색하게 변명을 늘어놓은 것도 같아서 지나고 나니 괜히 굴욕감이 느껴지기도 했다.

차라리 그냥 단형우처럼 저렇게 대차게 말했다면 조금 더 사내답고 멋지지 않았을까?

하지만 이미 지난 일이다.

"그래서 제게 원하시는 게 뭐죠? 뭐든지 말씀해 보세요.

전에도 말씀드렸다시피 저는 단씨 세가를 제 가족이라 생각하고 있고 그러니만큼 제가 해 줄 수 있는 거라면 뭐든 해 드릴 생각이 있으니까. 하지만…… 혁련휘의 보물은 안 됩니다."

루하의 단호한 말에 단형우가 흠칫한다.

속마음을 적나라하게 들킨 것에 뜨끔해하면서도 그 속에는 감추지 못하는 실망이 있다.

그런 단형우를 보며 루하가 해명하듯 말을 덧붙였다.

"제가 혁련휘의 보물을 드릴 수 없다 하는 건 단지 그것이 아까워서가 아닙니다. 외숙께만 말씀드리는 것입니다만, 표물을 북해빙궁까지 운송해 주는 조건으로 혁련휘의 보물 절반을 받기로 했습니다. 단씨 세가에 몇 개 넘겨줘도 전혀 아깝지 않을 만큼 많은 양이죠. 그런데도 제가 그것을 드릴 수 없다 하는 것은 그 물건이 상당히 위험할 수도 있는 물건이기 때문입니다."

"위험한 물건이라면……?"

"아실는지 모르겠지만 그걸 취한 자들 중 상당수가 실종되었습니다."

"……?"

"고현검(高賢劍) 홍인기(洪忍己), 강남일성(江南一星) 위경(魏京), 청성우사(靑城羽師) 우대명(牛大明)……."

루하의 입에서 이름들이 나열되어 나오자 단형우의 얼굴이 굳어졌다.

하나같이 이름만 들어도 알 수 있는 무림 고수들이었다. 그중 몇은 단형우도 실제로 실종 소식을 들었다. 하지만 그것이 혁련휘의 보물과 관계되어 있다는 것까지는 전혀 모르고 있었다.

"국주의 말씀인즉슨, 그들의 실종이 모두 혁련휘의 보물 때문이라는 말씀입니까?"

"그렇게 실종된 자가 모두 백 명이 넘습니다."

"대체 이유가 무엇입니까?"

"아직 모릅니다. 어떤 이유로 누군가 그것을 먹은 자들만을 납치해 가는 것일 수도 있고, 그 물건에 뼈와 살을 녹이는 극독이 섞여 있을 수도 있겠죠."

"극독이라면 의선가의 장녀가 모를 리가 없지 않습니까?"

단형우가 의아해하며 설란을 본다.

그러자 설란이 고개를 저었다.

"일반적인 독이라면 그렇죠. 하지만 혁련휘의 보물은 일반적인 물건이 아니에요. 그 안에 어떤 성분이 들어가 있는지 저도 아직 다 파악을 못 하고 있어요."

"그래서 거기에 대한 조사가 모두 끝날 때까진 못 드립니다. 그러니 너무 서운해하진 마십시오. 안전이 확인이 되면 그땐 원하시는 만큼 드릴 테니까."

"뭐, 그렇다면야 저로서도 욕심을 부릴 수 있는 일은 아니군요."

진한 아쉬움을 풍기지만 이내 어찌할 수 없는 일이라 인정하고 담담히 받아들인다. 그러다 표정을 무겁게 하며 루하에게 넌지시 말했다.

"사실 제가 이곳에 도착한 것은 이틀 전입니다."

단형우의 말에 루하가 의아히 물었다.

"이틀 전이라구요? 근데 왜 바로 오시지 않고……?"

"이곳의 분위기가 심상치 않아서 말입니다."

"분위기가 심상치 않다니요?"

"지금 이 근방에는 녹림십팔채뿐만 아니라 정사를 막론하고 여러 부류의 무림 문파들이 복마전처럼 뒤엉켜 있습니다. 알고 계십니까?"

"뭐, 대강은……."

알고 있다.

개중에는 구대문파도 있었고 괴수 사냥을 위해 각지에서 연합을 이뤘던 무림 단체도 있었다.

"근데 그게 왜요?"

"그중 몇몇 부류의 동태가 심상치 않아서 그걸 좀 살펴보느라 늦었습니다."

"몇몇 부류라면요?"

"다른 곳은 뒤를 캐 보니 크게 신경 쓸 것은 아니었고, 아직도 마음에 걸리는 건 두 곳입니다."

"그 두 곳이 어디어딘데요?"

"한 곳은…… 모릅니다."

단형우의 말에 루하가 거의 반사적으로 눈살을 찌푸렸다.

"모른다뇨? 살펴봤다면서요?"

"예. 저도 마을 입구의 작은 사당에서 우연찮게 본 것뿐입니다. 대략 스무 명 정도였고 복면을 쓰고 있었습니다. 워낙에 행동거지들이 주도면밀하고 조심스러워서 가까이 접근할 수가 없었습니다."

"아무리 그래도 그렇지, 외숙께서 접근도 못 했단 말입니까?"

"예. 그만큼 강한 자들이었습니다. 적어도 그 하나하나가 구대문파의 장로급, 아니, 그 이상이 분명합니다."

루하의 미간 주름이 더 깊게 파였다.

구대문파의 장로급 고수가 스무 명이라니?

"그런 문파가 무림에 존재한단 말입니까?"

"그래서 더 수상합니다. 저 또한 그런 문파가 있다는 건 들어 보지 못했으니까요."

"아니면 혹시 무림의 명문 문파들이 이번일로 일시적으로 연합을 한 것은 아니겠습니까?"

"그건 아닌 듯합니다. 거리가 멀어 정확히 다 듣지는 못했지만 분명 스스로를 교(敎)라고 칭했으니까요. 무림 문파들이 연합을 하면서 교라는 명칭을 사용하는 경우는 없습니다."

"음……."

루하가 설란을 본다.

마침 설란도 루하를 보고 있었다.

이 순간 그들의 뇌리에 이름 두 개가 동시에 떠오른 때문이었다.

혈교와 혼천마교.

딱히 이렇다 할 근거가 있는 것은 아니었다.

얼마 전 연화의 일로 혈교와 혼천마교의 이름이 뇌리에 박혀 있었던 것이 그저 조건반사적으로 머릿속을 스친 것뿐이다.

그런데 왜일까?

본능인지 직감인지 모르겠지만 전혀 관계가 없을 것 같은데도 이상하게 그 두 개의 이름이 머릿속을 어지럽힌다.

루하가 단형우에게 물었다.

"그래서요? 그 후엔 어떻게 되었습니까?"

"흩어졌습니다. 그래서 놓쳤습니다."

루하가 눈살을 찡그리자 단형우가 덧붙였다.

"말씀드렸다시피 그 하나하나가 구대문파의 장로를 능가하는 자들이었습니다. 제가 쫓을 수 있는 자들이 아니었습니다."

실력이 안 되어서 놓쳤다는 데야 무슨 말을 하겠는가.

"뭐, 그건 그렇다 치고……."

루하는 미련 두지 않고 바로 다음으로 넘어갔다.

"그럼 다른 한 부류는 어딥니까?"

"제갈세가입니다."

순간, 루하의 눈이 휘둥그레 떠졌다.

"제갈세가요?"

정말이지 얼마 만에 듣는 이름인지 모르겠다. 강시 표행을 마치고 그 일로 남궁세가마저 멸문지화를 당한 후로 거의 처음 듣는 이름이었다. 그만큼 그동안 있는지 없는지도 모르게 조용히 숨죽이고 있던 제갈세가였는데 갑자기 여기엔 무슨 일이란 말인가?

"제갈세가가 여기에 와 있단 말입니까?"

"제갈세가만이 아닙니다. 사천당문도 보였습니다. 그리고……."

"……?"

"그 둘은 같이 있었습니다."

제갈세가와 사천당문.

멸문한 남궁세가를 제외하고 무림에서 가장 크고 높은 다섯 가문 중 둘이 이곳에 와 있다 한다.

"단지 구경이나 하러 온 건 아니겠죠?"

루하의 물음에 단형우가 고개를 끄덕였다.

"제갈세가의 가주 금검수사 제갈문과 사천당문의 문주 일수천살(一手千殺) 당학경(唐學卿)이 직접 움직였습니다. 단지 구경이나 하러 왔을 리가 없지요."

구대문파의 무림맹 창설, 강시의 출몰, 그리고 삼절표랑과 쟁천표국까지. 무림인들의 관심에서 철저히 멀어진 다섯 가문이었다. 그런 만큼 그들이 쌓아 온 입지 또한 상당한 타격을 받았다. 특히 제갈세가는 강시에 대한 책임론을 피하기 위해 철저히 몸을 웅크린 채 일절 외부 활동을 하지 않았다. 그런 제갈세가가 지금 이곳에 와 있다. 그것도 사천당문과 함께.

"역시 그들도 혁련휘의 보물에 눈독을 들이고 있다는 거네요?"

이번 표행이 결코 간단치 않으리란 것은 짐작하고 있었지만 생각보다도 일이 커지는 느낌이다. 녹림십팔채와 구대문파, 정체 모를 집단, 그리고 제갈세가와 사천당문……

거의 무림 전체가 요동치고 있는 것이다.

하지만 전혀 걱정되지 않았다. 오히려 설레고 흥분된다.

"잘됐네요. 멀고 먼 여정길인데, 덕분에 지루하진 않을 것 같으니까."

히죽 입꼬리마저 말아 올리는 루하다.

그러나 설란은 걱정이 되는 모양이다.

"그렇게 쉽게 생각할 일이 아니야. 복면을 했다는 자들, 그들에 대해서 아는 것이 너무 없어. 누구인지, 무슨 의도를 가지고 있는 건지…… 그래서 더욱 위험해. 가장 무서운 적은 강한 적이 아니라 보이지 않는 적이니까. 게다가 제갈세가와 사천당문도 결코 만만한 곳이 아냐. 외숙부님의 말씀처럼 그들이 정말 손을 잡은 게 맞는다면, 어쩌면 지금 이곳에 모인 세력들 중에서 가장 경계해야 하는 상대는 그들일 수도 있어. 무림 최고라는 제갈세가의 지략만 해도 껄끄럽기 그지없는데, 그 지략을 가장 효율적으로 사용할 수 있는 사천당문이니까. 이럴 게 아니라 적어도 그들의 목적이 명확히 파악이 될 때까지 표행을 미루는 것도 한번 고려를 해 보는 게……."

"됐어. 그래 봤자 한주먹거리도 안 되는데, 뭐. 청광편은 가지고 싶은데 실력은 안 되고, 그래서 지들끼리 짝짜꿍이라도 맞은 모양인데, 그 이상 뭘 할 수 있겠어? 뭘 할 수 있다고 해도 그래. 그 뒷감당은 어쩔 건데? 고작 육대가문 정도로 내 화를 감당할 수 있다 생각하고 있다면 무림 최고의 두뇌가 아니라 무림 최고의 돌대가리들인 거지."

설란은 심각했고 루하는 여전히 태평했다. 그리고 '고작 육대가문'의 하나인 단씨 세가의 소가주 단형우는 쓴웃음을 머금었다.

어쨌든 그렇게 단형우가 가져온 심상치 않은 정보에도 불구하고 표행 일정은 예정대로 진행되었다.

그리해 표행 날이 밝았다.

"이것들 오늘 따라 왜 이래? 니들은 안 데려 간다니까."

루하가 귀찮다는 듯 손을 훠이훠이 내저었다.

닭수리들 때문이었다. 뿌리쳐도 뿌리쳐도 끈질기게 들러붙는다. 아무래도 이번 표행이 지금까지의 그 어떤 표행보다도 긴 일정이 될 거라는 것을 알고 있는 모양이었다.

"그렇다고 닭장에 가둬 놓을 수도 없는 노릇이고."

표사들 전원이 참여하는 표행이었다. 그런 만큼 표국은 거의 텅텅 비다시피 한다. 그런 상황에서 이 녀석들을 닭장 안에 가둬 두는 건 불안했다. 워낙에 생긴 것이 특이하면서도 고급스러워서 자칫 도둑이 들기라도 하면 닭장을 통째로 도둑맞을 위험이 있었다. 그럴 바에야 제 한 몸 지킬 힘은 있는 녀석들이니 차라리 풀어 놓자 싶었던 것인데, 새끼 닭수리들은 아예 그의 바짓가랑이까지 물고 늘어지는 등 난리도 아니었다.

"그러게 진즉에 날갯짓이라도 좀 익혀 두든가. 날지도 못하는 니들을 따로 챙겨 줄 수 있을 만큼 한가한 표행이 아니라고."

끈덕지게 자신의 바지를 물고 늘어지는 새끼 닭수리들이 조금 안쓰럽기도 하고, 그래서 마음이 약해지기도 했지만 어쩔 수 없는 일이었다. 언제 무슨 일이 터질지 알 수 없는 표행에서 한두 마리도 아니고, 다섯 마리나 되는 새끼 닭수리들을 표행 내내 돌보는 건 아무리 생각해도 무리였다.

그리해 약해지는 마음을 다잡고 꼬꼬 꼬꼬 가엾게 울음소리를 질러대는 녀석들을 냉정히 떼어냈다.

그렇게 닭수리들을 떼어내고 문을 나서니 설란과 연화를 비롯해 쟁천표국의 표행단이 모든 표행 준비를 마치고 그를 기다리고 있었다.

여느 날의 표행과는 달리 여러 가지 불안 요소들이 산재해 있는 표행이다. 길가 양옆으로 늘어선 구경꾼들의 분위기만 해도 다른 때와는 사뭇 다르다.

당장 손을 뻗으면 손에 쥘 수 있을 만큼 가까이에 있는 보물 앞에 누구 할 것 없이 적나라하게 드러나는 탐욕들.

적어도 이번 표행만큼은 전 무림이 쟁천표국의 적이라고 해도 과언이 아닐 것이다.

그럼에도 불구하고, 고개를 들어 바라본 하늘은 참 깊고 맑다. 살갗을 스치는 바람은 선선하고 대기는 차분하다.

"딱 표행하기 좋은 날씨네."

하늘에서 시선을 거두고 말에 올랐다.

"정유년(丁酉年) 시월(十月) 구일(九日), 목적지는 북해! 쟁천표국 표행단, 출(出)!"

루하의 외침과 함께 쟁천표국 표행단은 표행하기 딱 좋은 날씨에 북해빙궁으로의 표행을 시작했다.

* * *

"꼬리 표행단이 따로 없네."

저 멀리 표행단의 뒤로 시선을 던지던 루하가 피식 실소를 흘렸다.

그의 시력으로도 그 끝을 볼 수가 없을 만큼 꼬리에 꼬리를 물고 길게 이어진 행렬 인파 때문이었다.

쟁천표국이 표행을 할 때면, 특히 그가 참여하는 표행에는 으레 많은 구경 인파가 표행단을 따라오긴 했지만 지금은 그 규모가 달랐다. 당연히 단순한 구경 인파는 아니었다. 순수하게 삼절표랑에 대한 동경과 쟁천표국에 대한 선망으로 표행단을 따라오는 사람들도 물론 많았지만, 어떤 불순한 목적으로 표행단을 따라오는 자들도 많았다.

하지만 워낙에 대규모 인파여서 누가 순수한 구경꾼이고 누가 불순한 목적을 가졌는지 루하로서도 구분해 내기가 쉽지 않았다. 다만 한 가지 확실한 것은, 거기에 녹림십팔채는 없다는 것이다.

적어도 루하의 시력이 닿는 범위 내에서는 분명 없었다. 그러나 대수로울 것은 없는 일이었다. 얼굴까지 훤히 다 드러낸 마당에 그의 눈이 닿는 곳에 있을 만큼 멍청하지는 않을 테니 말이다. 아주 뒤에서 따라오고 있거나, 아니면 한 발 먼저 가서 어딘가에 매복해 있을 것이 틀림없었다.

녹림십팔채만이 아니다. 복면을 했다는 수상한 자들의 낌새도 없었고 제갈세가나 사천당문도 그 종적이 묘연했다.

그 역시 루하는 대수롭지 않게 생각했지만 설란은 달랐다.

다른 건 몰라도 사천당문의 이름이 거론된 이상 독(毒)에 대해서만큼은 언제나 신경을 곤두세웠다. 그리해 들르는 객잔마다, 만나는 우물마다 혹시 독이 들어 있는 거나 아닌지 세심하게 살피느라 늘 혼자 바빴다.

"뭘 그렇게 예민하게 굴어?"

"한순간이라도 허점을 보일 때, 독수는 그때 이루어지니까."

"아무리 그래도 사천당문도 엄연히 명문 무가라고."

독을 다룬다는 그 특성상 정사를 구분하기가 모호하긴 하지만 그래도 한없이 정에 가까운 가문이었다.

"재물이 탐난다고 해도 사천당문이라는 이름이 있는데, 그렇게 대놓고 독을 쓸 만큼 막장일 리가 없잖아."

"단지 사천당문 때문에 이러는 건 아냐. 사천당문이 아니라도 독을 다룰 줄 아는 자는 얼마든지 널려 있으니까. 게다가 어차피 우리를 상대로 정면으로 덤빌 만큼 무모한 자들은 없어. 그나마 뭔가라도 해 보려면 가장 만만하고 효과적인 게 독이고."

"그래 봤자 소용없잖아? 나 만독불침이라고."

"너만 괜찮으면 되니? 표사들은 어쩌고?"

하긴, 자칫했다가는 닭수리 때처럼 표사들 전부를 환골탈태시켜야 하는 낭패가 생길 수도 있다.

그 생각을 하니 머리가 지끈거려 와서 설란이 하는 일에 더 이상 아무런 군말도 하지 않았다. 어쨌든 그 덕분인지 표행은 어떠한 변고도 없이 무난하게 이어졌다.

다만 문제는 추위였다.

표행길이 길어지면 질수록, 그리해 북쪽으로 올라가면 갈수록 하루가 다르게 추위가 강해졌다. 선선하던 바람은 어느새 차가운 칼바람으로 바뀌었고 어느 순간부터는 아예 눈에 보이는 것이라곤 죄다 새하얀 설원뿐이었다.

표사들은 그래도 잘 견뎌 냈지만 문제는 루하였다. 정말이지 곤욕도 그런 곤욕이 없었다.

"아, 놔! 날씨가 뭐 이따위야!"

밤은 깊고 보이는 건 온통 설원. 파내고 파내어 길을 뚫어도 가도 가도 끝이 없는 설원이라 결국 그 눈 더미들 속에서 노숙을 하게 되었는데, 기껏 힘들게 눈을 치우고 노숙할 자리를 마련했더니 그 야밤에 이젠 눈보라가 친다.

부랴부랴 막사를 치고 모닥불을 피웠지만 틈새를 뚫고 들어오는 북풍의 매서운 칼바람에 심장마저 다 얼어붙는 듯한 느낌이다.

"젠장! 내가의 고수들은 한서불침이 기본이라는데 난 왜 이 모양이야?"

"한 번만 해도 오감이 극도로 예민해지는 것이 환골탈태인데 그걸 세 번이나 했으니 오죽하겠니?"

말투는 핀잔이지만 그 눈은 걱정과 안타까움으로 가득하다.

자신이 덮고 있던 담요마저 루하에게 건네는 설란이다.

사양하지 않았다.

사내대장부로서 참 한심한 노릇이지만 당장 내 코가 석 자인 걸 어쩌랴.

그런데도 덜덜덜덜 떨림은 멈추질 않고 따다다다 이마저 마구 부딪친다.

"내가 다시는 환골탈태 하나 봐라! 죽어도 네 번째는 없어!"

아예 악에 받쳐서 성질을 내 보지만, 환골탈태란 것이 어디 하고 싶다고 하고 하고 싶지 않다고 안 할 수 있는 것이던가.

그 부질없는 맹세 속에서 지금 이 순간 제일 부러운 건 연화다.

소수혈마공이라는 최강의 빙공을 익혀서인지 중원에서는 경험할 수 없는 이 매서운 한파에도 눈썹 하나 까딱하지 않는다. 아니, 오히려 중원에 있을 때보다 어딘지 더 생기가 넘쳤다. 아닌 게 아니라, 늘 루하의 옆을 벗어나지 않던 그녀가 엊그제 밤에는 마치 봄 처녀 봄나들이하듯이 설원 속을 폴짝폴짝 뛰어다니며 한껏 들뜬 모습을 보이기도 했다. 그때 얼핏 그녀의 입가에 걸려 있던 미소는 정말이지 천상에서 피어난 꽃처럼 아름다웠다.

루하가 슬쩍 연화에게 물었다.

"저기 말이야. 너 그 소수혈마공……."

조심스럽게 건네는 루하의 말에 연화가 루하를 보며 의아해한다.

"그거 나도 좀 익힐 수 있을까?"

"……."

"아니, 뭐…… 그냥 그거 익히면 추위를 안 타지 않을까 해서……."

"소수혈마공은 동녀공이야. 사내와 정을 통하지 않은 순정의 여인만이 익힐 수 있는 무공이야."

연화의 말에 잠시 머뭇하던 루하가 뭔가 굳은 눈빛을 하고는 물었다.

"동정남은 안 되나?"

"……."

"내가 이래 봬도 아직 동정을 고이 간직한 순정남이거든."

말하고 나니 왠지 부끄럽긴 했지만 이 몹쓸 체질을 바꿀 수만 있다면 이 정도 창피함 쯤이야 문제도 아니다.

"가능은 해. 십이 성 대성은 이루지 못하지만 적어도 한서(寒暑)는 견딜 수 있을 거야."

"그래?"

"다만……."

"다만?"

"소수혈마공은 한번 익히면 십 성의 경지에 이를 때까진 멈출 수 없는 무공이야. 여자는 상관없지만 사내가 그것을 익히면……."

"익히면?"

"공부가 깊어지면 질수록 강해지는 음기로 인해 사내의 음경이 차츰 사라지게 돼."

루하가 눈을 휘둥그레 떴다.

"음경이 사라진다는 게 설마 그……."

"고자가 되는 거지."

"……."

저 예쁜 입에서 어찌 저리도 고급진 단어가 나오는지…… 황당하달지 섬뜩하달지, 어떻게 반응을 해야 할지 갈피를 못 잡는 루하에게 연화가 담담한 목소리로, 사뭇 진지하게 묻는다.

"그래도 상관없다면 가르쳐 줄 수는 있어. 어때? 가르쳐 줄까?"

"아니! 됐어!"

루하가 생각만 해도 끔찍하다는 듯 손사래를 쳤다.

그냥 좀 춥고 만다. 아니, 고자가 될 바에야 차라리 얼어 죽고 말겠다.

루하가 벌떡 자리에서 일어섰다.

설란이 의아해한다.

"왜……?"

"이대로는 잠도 못 잘 것 같고, 그냥 나가서 몸이라도 움직이려고. 그러는 편이 여기 앉아서 추위에 바들바들 떠는 것보다는 낫겠어."

"이 날씨에? 눈발이 저렇게 매서운데?"

"안이나 밖이나, 눈발이 치나 안 치나 춥기는 매한가진데 뭐."

겹겹으로 덮고 있는 담요를 떼어 내는 것이 참 힘들었지만 마음을 굳게 먹고는 설란에게 덮어 줬다.

그렇게 설란의 걱정을 뒤로하고 막사 밖으로 나오자 아니나 다를까, 매섭게 휘몰아치는 눈발과 함께 얼음장 같은 한기가 옷깃을 파고들었다.

바로 내공을 끌어올려 강기로 몸을 감쌌다.

추위는 크게 차이가 없었지만 눈발과 바람만큼은 둘러친 강기의 벽에 막혀서 그를 침범하지 못했다.

"거참! 눈도 바람도 막는데 왜 추위는 안 막아지는 건지……."

그가 가진 지식으로는 도무지 이해를 못 하겠지만 어쩌겠는가. 지금 그의 몸이 그런 것을.

루하는 설원 속으로 걸음을 내디뎠다. 떨어지는 솔잎도

깊이 박히는 설원이건만 루하가 내딛는 걸음걸음에는 흔적도 남지 않는다.

누군가 그 모습을 보았다면 경공술의 최고 경지인 답설무흔(踏雪無痕)이니 허공답보(虛空踏步)니 하며 경악을 금치 못했겠지만 사실 그건 경공술이라고 하기에는 너무도 단순한, 그냥 신발에 눈 젖는 것이 싫어 살짝 몸을 띄운 것에 지나지 않았다. 물론 그 누군가가 그게 허공답보와 다를 게 뭐냐고 묻는다면 딱히 차이를 설명할 방법은 없다. 다만 지금의 루하는 그저 여태까지 있어 왔던 잣대로 구분 짓고 따질 수 있는 무공의 경지를 초월해 있을 뿐이었다.

아무튼 그렇게 설원의 중앙에 선 루하는 잠시 주위를 둘러보았다.

눈발에 가려진 깊은 어둠 저편에서 인기척이 느껴졌다. 그들이 왔던 길이다.

루하가 시선을 돌렸다. 그들이 앞으로 가야 하는 방향에도 은밀한 인기척이 느껴졌다.

중원을 넘고 북해의 추위가 가까워지면서 표행단을 따라오던 구경꾼들은 거의 다 사라졌다. 혹시나 루하의 심기를 건드리게 되지나 않을까 두려웠는지, 끝끝내 미련을 끊지 못하고 국경 너머까지 좇아오던 구대문파의 그림자도 더는 보이지 않았다.

여기까지 끈질기게 따라붙은 자들은 크게 세 부류였다.

당연히 그중 하나는 녹림십팔채다. 지금 어디에 있는지도 정확히 안다.

'이런 썩을! 대체 언제까지 이렇게 뒤꽁무니만 쫓아야 한단 말이오?'

'어쩔 수 없지 않은가? 지금으로서는 빈틈이 생길 때까지 기다리는 수밖에.'

'그러니까 그놈의 빈틈이 언제 생기냔 말이오! 그냥 우리 식대로 처리해 버립시다!'

'우리 식대로라니?'

'독이라도 풀어서 해치워 버리자 이 말이오! 천하제일이고 자시고, 독 앞에 장사 있겠소?'

'쯧쯧! 답답한 소리 말게나. 의선가의 계집이 눈에 불을 켜고 있는데 그게 어디 통하겠는가? 지금은 나설 때가 아냐. 아직 북해까지는 한참인데 조급해할 일이 아니란 말이네!'

조금만 귀를 기울여도 다 들린다. 그만큼 가까이에 있었다. 처음에는 그의 눈과 귀에 닿지 않을 만큼 한참이나 먼 거리를 두고 쫓아오더니, 아무래도 긴 여정 동안 쫓아오느라 지쳐 긴장은 흐트러지고 경각심도 잃은 모양이었다.

녹림십팔채야 애초부터 크게 신경 쓰지 않았다. 이름만

녹림십팔채지 머릿수만 해도 열일곱 개다. 힘만 셀 뿐 가뜩이나 머리도 그다지 똑똑하지 못한 자들이 각기 다른 생각과 욕심을 가지고 있는데, 그런 자들에게서 그를 위협할 만한 지혜나 기지가 나올 리가 없었다.

문제는 저 반대편이었다.

표행단이 가는 길, 그 방향으로 여정 내내 신경을 거슬리게 하는 두 부류의 집단.

저 어둠 깊은 곳에서 기척조차 느껴지지 않을 만큼 은밀하다. 단형우에게 미리 듣지 않았더라면 여기까지 오는 동안에도 아예 낌새조차 알아차리지 못했을 만큼 조용하고 흐리다. 그래서 어디가 제갈세가와 사천당문인지, 어디가 정체 모를 복면 집단인지 루하로서도 정확히 파악이 안 된다. 하물며 이 강한 눈보라 속에서야 오죽할까.

스멀스멀 올라오는 답답함은 짜증이 되고, 그 짜증은 '그냥 가서 확 다 없어 버릴까?' 하는 충동을 만든다.

하지만 그중에는 육대가문이 둘이나 있었다. 비록 지금은 그 힘을 잃었다고 해도 아무 증거도 없이, 그저 표행단과 같은 방향에 있다고 해서 함부로 손을 댔다가는 괜한 골칫거리만 만들 소지가 있었다.

그래서 지금까지 그래 왔듯이 눈을 닫고 귀를 닫았다.

그리고 마음을 두 주먹에 담았다.

"개산풍운벽!"

휘몰아치는 눈보라 속에서 파운삼십육권을 시작했다.

여전히 주먹에 담기는 강대한 기운은 주먹을 벗어나자마자 신기루처럼 사라져 버린다.

개의치 않았다.

기대도 없다.

이젠 그냥 습관처럼, 무념무상이 되어 주먹을 내지를 뿐이다.

* * *

북으로 북으로.

이렇다 할 문제도 변화도 없는 기나긴 여정은 그 후로도 계속되었다.

북해는 생각보다 멀고 추웠다. 거의 석 달이 다 되어 가는데도 여정의 끝이 보이지 않았고 표사들은 지쳤다. 고단한 여정으로 쌓인 피로는 의선가의 비전특약인 영천속명단마저 별반 소용이 없을 정도였다.

"이거 또 한바탕 퍼부을 모양인데요?"

표두 모웅이 눈살을 찌푸리며 루하를 본다.

루하가 하늘을 올려다보았다.

거기에는 먹구름이 잔뜩 끼어 있었다.

새삼스럽지도 않다. 거의 이틀에 한 번 꼴로 보는 하늘이다. 물론 새삼스럽지 않다고 해서 걱정이 안 되는 건 아니었다. 모웅뿐만 아니라 표사들, 심지어 총표두 장청마저 잔뜩 굳은 얼굴을 하고 있다.

길에서 폭설을 만나는 것만큼 고통스럽고 힘든 일이 없는 것이다.

'갑옷이라도 벗게 하면 좀 나을 테지만…….'

이 추위에 금강한철로 만들어진 철갑주를 입고 있으니 고통은 더할 수밖에 없다. 그러나 어쩌겠는가. 사방에서 승냥이 같은 자들이 호시탐탐 물어뜯을 기회만을 엿보고 있는 것을. 어제만 해도 차라리 배에 칼을 맞을지언정 갑주는 더 못 입고 있겠다는 표사들을 엄하게 단속하기까지 했다.

지금으로서는 폭설이 시작되기 전에, 그리고 날이 어두워지기 전에 서둘러 묵을 만한 마을을 찾는 것이 최선이었다.

하지만 북해에 가까워지면 질수록 인가가 있는 마을은 점점 드물어져서 벌써 사흘째 노숙을 하고 있었다. 그렇다고 해도 여기서 미적거리고 있을 수만은 없었다.

"길을 서두르죠."

루하가 앞장서 말을 몰았고 표행단이 그 뒤를 바삐 따랐다.

그렇게 두 시진쯤이 지났을 때였다. 날은 점차 어두워지고 하나둘 떨어지기 시작한 눈발이 급기야 폭설로 변해갈 무렵, 그들의 눈앞에 다행히 마을이 나타났다.

폭설이 시작된 때문인지 오가는 인적은 드물었고 인가도 몇 채 보이지 않는 작은 마을이었지만, 그래도 다행인 것은 마을 안으로 들어가자 흑월객잔(黑月客棧)이라고 적힌 제법 규모가 큰 객잔이 보인다는 것이다.

루하는 망설일 것도 없이 표행단을 이끌고 곧장 흑월객잔으로 가서 문을 두드렸다.

대문이고 창문이고 할 것 없이 죄다 닫혀서 어딘지 을씨년스럽기까지 한 분위기 속에서 끼이익 문이 열렸다.

그리고 빼꼼히 머리를 내미는 것은 머리는 금발에 눈동자는 푸른빛이 도는 벽안의 소년이었다.

익숙한 일이다. 북해에 가까워질수록 드물지 않게 접하게 되는 벽안이었다.

그 벽안의 소년이 멀끔히 루하와 그 뒤로 늘어선 표행단을 보며 물었다.

"묵고 가실 건가요?"

지금까지 만난 벽안의 사람들에 비해 한족어가 상당히 유창해서 조금 놀라는 루하다. 하지만 이내 고개를 끄덕였다.

"보다시피 일행이 많다. 방이 되겠느냐?"

"물론이죠. 규모가 큰 상단들도 자주 묵는데요, 뭐. 근데…… 좀 비싸요."

벽안의 소년이 그렇게 툭 던지고는 루하의 눈치를 살핀다.

가격을 흥정해 보려는 뻔한 수작이다. 만만하다 싶으면 바가지도 씌우려 들 것이 뻔했다.

점소이 생활을 수 년 동안 해 온 그로서는 뻔히 보이는 개수작이 가소롭기도 하고 그런 개수작에 넘어간다는 것이 자존심 상하기도 했지만, 지금은 그런 걸 일일이 신경 쓰기에는 사흘 동안의 노숙으로 표사들이 너무 지쳐 있었다.

"돈 걱정은 말고 방과 음식, 술, 전부 최고로 준비해."

루하의 말에 소년의 입이 참 싱그럽게도 벌어진다.

그리해 흑월객잔의 문이 활짝 열렸다. 그 안으로 들어서던 루하가 문득 생각났다는 듯 모웅에게 말했다.

"표물도 같이 들고 들어오세요."

루하의 말에 모웅이 의아해한다.

"표물은 왜……?"

"밖에 두면 경비를 세워야 하지 않습니까. 여길 지나면 또 얼마나 더 노숙을 하게 될지 모르는데, 오늘 하룻밤만이라도 전원 따뜻한 곳에서 지내게 해야죠."

어차피 양이나 무게 자체는 얼마 되지 않는 표물이다. 다만 그것을 담은 석궤의 무게가 상당했지만, 그 정도는 표사 여섯만 붙어도 충분히 옮길 수 있었다.

그렇게 객잔 안으로 들어가니 그 안은 밖에서 보던 것보다 더 넓었다. 오십 명이 넘는 인원이 다 들어가도 널널할 정도였다.

루하가 먼저 가장 안쪽 구석으로 가 식탁에 앉았다. 설란과 연화가 같이 앉았고, 루하의 맞은편에 의뢰인인 팽호강이 마저 자리를 잡자 벽안의 점소이 소년이 쪼르르 달려왔다.

"음식은 뭐로? 술도 내올까요?"

"음식은 여기서 제일 잘하는 걸로. 일단 뜨끈뜨끈한 국물이 있는 게 좋겠지. 그리고 방은 몇 개가 되어도 좋으니까 우리 표사들이 편하게 잘 수 있게 충분히 준비해 주고. 방을 따뜻하게 데워 놓는 것도 잊지 말고."

그리 말하며 루하가 품속에서 은전 하나를 꺼내어 소년에게 던져 주었다.

은전을 받아 든 소년의 얼굴이 대번에 환해진다.

"예, 예. 물론이죠. 걱정 붙들어 매세요."

넙죽넙죽 허리까지 굽혀 대는 것이 생긴 것만 다를 뿐이지 영락없는 중원의 점소이다. 그래서일까?

넙죽넙죽 절을 한 후 신이 나서 돌아서는 소년을 설란이 불러 세웠다.

"얘, 너 중원에서 태어났니?"

그 갑작스러운 설란의 물음에 소년이 흠칫 놀란다. 하지만 그것도 잠시, 이내 고개를 젓는다.

"아닌데요?"

"아냐?"

"예. 중원은 가 본 적도 없는데요?"

"근데 어떻게 그렇게 한족어를 잘 하니?"

"아, 우리 동네에 한족어를 가르치는 분이 계셔서 어릴 적부터 그분에게 배웠어요."

"그래?"

"예. 우리 마을에선 한족어를 못하면 아무것도 못 하거든요. 중원에서 오는 장사꾼들이 이 마을의 가장 큰 돈벌이라서. 근데 그건 왜요?"

"아냐. 그냥 너무 한족어를 잘하는 게 신기해서."

"헤헤. 저를 가르치던 분도 제 발음이 진짜 한족이랑 똑같다고 그러긴 그러더라구요."

"응. 그래. 정말로 감쪽같이 똑같아. 마치 중원에서 태어난 것처럼."

"헤헤."

설란의 칭찬에 뒷머리를 긁적이며 즐거워하던 소년이 더 이상 설란에게서 다른 질문이 없자 이내 다시 꾸벅 인사를 하고는 몸을 돌려 주방으로 사라졌다. 하지만 어쩐 일인지 설란의 눈은 소년이 주방으로 사라져 모습이 보이지 않는 데도 한참을 쫓고 있었다.

그런 그녀의 분위기가 이상해서 루하가 물었다.

“왜 그래?”

“저 아이…… 거짓말을 하고 있어.”

그렇게 말하는 설란의 눈빛이 매섭다.

第七章

표물은 여기에 있다

"거짓말을 하고 있다니?"

"저 아이가 하는 한족어, 배워서 할 수 있는 수준이 아냐."

"그럼?"

"분명 태어날 때부터 중원의 문화 속에서 한족어를 익힌 아이야."

"그걸 어떻게 알아?"

"그냥 알아."

설란이 그냥 안다고 하면 아는 거다.

"근데 그게 뭐? 저 녀석이 한족어를 어디서 배웠든 그게 뭐 그렇게 중요한 건 아니잖아?"

"그건 그래. 하지만 바꿔 말하면 중요하지도 않고 속일 필요도 없는 것을 굳이 왜 거짓말을 했냐는 거지. 어쩌면 중원에서 태어나 자란 것을 숨겨야 하는 개인 사정이 따로 있는 것일지도 모르지만…… 뭔가 다른 꿍꿍이가 있어서 그런 것일 수도 있잖아."

"다른 꿍꿍이? 에이, 다른 꿍꿍이가 있으면 저렇게 대놓고 한족어를 쓰진 않았겠지. 여기선 저렇게 유창한 한족어가 오히려 더 눈에 띄는 건데, 다른 꿍꿍이가 있는 애가 뭐 하러 그렇게 튀는 짓을 하려고 하겠어?"

"오히려 그래서 더 숨기지 않는 것일 수도 있지. 너처럼 '일부러 저렇게 튀는 짓을 하겠어?' 라는 생각을 하게끔. 오히려 발음을 억지로 이상하게 하는 편이 더 의심받을 수도 있는 거니까."

"그래서? 저 녀석의 목적이 뭔데?"

"그거까진 나도 모르지."

"그럼 한번 잡아다 족쳐 봐?"

"확실한 것도 없는데 어떻게 그러니? 그냥 일단 지금부터 우리가 더 조심하는 수밖에."

지금까지도 독이나 이런저런 사술에 대한 대비를 해 왔던 설란이지만, 그때부터는 음식물은 물론이고 표사들이 사용하는 식기, 수건, 침구류까지 철저하게 살폈다. 루하도 그 벽안의 점소이와 객잔 내부의 동태를 유심히 살피며 긴장을 풀지 않았다. 하지만 딱히 의심스러울 만한 것도 없었고, 별다른 사건도 일어나지 않았다.

그 바람에 괜히 잠만 설쳤다.

그간 추위와의 싸움으로 고단할 대로 고단한 표사들은 해시(亥時: 밤 아홉 시부터 열한 시)가 되기도 전에 곯아떨어졌는데, 루하는 인시(寅時: 오전 세 시부터 다섯 시)가 훌쩍 넘어서야 겨우 눈을 붙일 수 있었다.

"아하하함!"

"그만 정신 차리고 씻어."

루하가 침상에 엉덩이를 반쯤 걸치고 앉아서 연신 하품을 해 대자 그렇게 재촉하는 설란이다.

하지만 졸음은 덕지덕지 들러붙고 눈꺼풀은 천근만근이다.

"출발을 좀만 미뤄. 나 두 시진도 못 잤어."

루하가 불쌍한 표정으로 앓는 소리를 해보지만 설란에겐 전혀 통하지 않았다.

"해가 짧은 걸 몰라서 그러니? 신시(申時: 오후 세 시부터 다섯 시)만 되어도 표행이 불가능할 정도로 날이 어두워진다고."

또 얼마나 더 가야 다음 마을을 만날 수 있을지 기약할 수 없는 상황이다. 해가 떠 있는 시간을 허투루 낭비하면 할수록 추위 속에서 노숙을 해야 하는 날은 그만큼 많아지게 되는 것이다.

하지만 설란의 재촉에도 여전히 뭉그적거리기만 하는 루하다. 답답했는지 결국 설란이 루하의 양팔을 잡아 일으켜 세웠다. 그리고 준비해 둔 대야 앞으로 데려가 마치 어린아이 세수시키듯 손에 물을 묻혀서는 루하의 얼굴을 닦았다. 그러는 동안에도 순순히 얼굴을 내맡기는 루하다.

물은 따뜻하고 설란의 손길은 부드럽다.

그것이 너무 기분이 좋아서 이상하게 눈을 뜨고 싶지가 않다.

마음이 가라앉는다고 할지, 푸근하다고 할지, 든든하다고 할지…….

"왜 웃어?"

그 묘한 기분에 자기도 모르게 미소라도 짓고 있었던 모양이다.

대강 얼굴을 씻기고 수건으로 얼굴에 남아 있는 물기를 닦아 낸 설란이 의아해하며 묻는다. 그제야 루하가 감았던 눈을 뜨고 설란을 바라본다. 그리고 툭 내뱉듯 말했다.

"우리 이번 표행 마치고 돌아가는 대로 결혼하자."

"뭐?"

너무도 갑작스럽게 튀어나온 예기치 못한 말에 움찔 놀라 눈을 동그랗게 뜨는 설란이다.

"넌 무슨 그런 말을 세수하다 말고 하니? 잠 덜 깼니?"

뿌루퉁이 핀잔을 주지만 그녀의 얼굴은 발갛게 상기되어 있었다.

그런 설란의 얼굴을 똑바로 마주하는 루하의 눈에는 언제 가셨는지 한 톨의 졸음도 묻어 있지 않았다.

잠꼬대를 하는 것이 아니다. 장난도 아니다.

"결혼하자. 응?"

그렇게 말하는 루하의 눈은 어느 때보다 맑고 진지했다.

그러고 보면 루하로부터 청혼을 받은 건 이번이 두 번째다.

팔공산에서 사왕 중 하나인 잔혹도마 구귀광과 생사대적을 치른 후, 정말이지 경솔하고 경박할 정도로 즉흥적인 청혼을 했다. 그러고 나서 여러 사건들을 겪으며 어영부영 지금까지 왔다. 그때의 치기 어렸던 소년은 어느새 훌쩍 자라서 어엿한 사내가 되었다.

과거의 루하를 떠올리며 새삼스럽게 지금의 루하를 보니 괜스레 심장이 바쁘게 뛴다.

"뭐…… 그러든가."

받은 대로 툭 내뱉듯 돌려주는 설란의 눈은 퉁명한 말투와는 달리 부끄러워 어쩔 줄 모르겠다는 듯 하염없이 땅만 판다. 그런 설란을 보는 루하의 눈빛이 뜨겁다. 너무 귀여워서 와락 끌어안고 입이라도 맞추고 싶었다. 하지만 그랬다가는 스스로를 통제 못 할 것 같았다. 아무렴, 설란과의 초야를 이런 지저분한 곳에서 치를 수는 없는 노릇 아닌가.

루하는 벌떡 몸을 일으켜서는 서둘러 떠날 채비를 했다. 동하는 음심만큼 마음이 급해졌다. 지금까지야 딱히 기일이 정해져 있지 않은 표행길이었지만 이제 표행을 빨리 마쳐야 할 이유가 생긴 것이다.

그렇게 채비를 마치고 객잔을 나서니 표사들이 이미 모든 준비를 마치고 그를 기다리고 있었다.

그런데 운무가 짙다.

가뜩이나 아직 날이 채 밝기 전인데 짙은 운무까지 끼어서 가시거리가 너무 짧았다. 운무가 어찌나 짙은지 루하의 눈으로도 두어 장 정도의 거리밖에는 분간이 안 될 정도였다.

하지만 표사들도 그렇고 루하도 그렇고 전혀 개의치 않았다. 그간 수를 헤아릴 수도 없이 많은 표행을 하며 이보다 더한 악천후도 익히 겪어 본 터였기 때문이다.

루하가 모용에게 물었다.

"마종(馬鐘)은 달았죠?"

마종이란 운무로 인해 지금처럼 가시거리가 극히 짧을 때, 표사들 간의 간격과 수레의 위치를 파악하기 위해 짐수레의 말 목에 다는 작은 종을 말하는 것이었다.

모웅이 고개를 끄덕였다.

"예."

모웅이 간단히 대답하자 짐수레를 끄는 표사 조충이 수레 말의 말 머리를 좌우로 흔들었다.

딸랑딸랑, 딸랑딸랑—

마종이 청명한 소리를 낸다.

그 종소리를 듣고 있자니 왠지 마음마저 개운해지는 느낌이다.

그렇게 모든 준비를 마친 루하가 먼저 성큼 앞장을 섰다.

루하의 좌우로 설란과 연화가, 그 뒤를 표사들과 팽호강이 따른다.

딸랑딸랑—

그렇게 쟁천표국 표행단은 청명한 마종 소리만을 남기고는 짙은 운무 속으로 사라졌다.

* * *

딸랑딸랑—

일정한 거리에서 일정한 울림이 계속된다.

마종소리를 들으며 일정한 속도로 나아가던 루하가 어느 순간 눈살을 찌푸리며 고개를 갸웃거렸다.

"뭐가 이렇게 길어?"

길이 끝이 나지 않는다.

"안개는 또 왜 안 걷히는 건데?"

벌써 한 시진은 넘게 걸었다. 안개 사이로 어렴풋이 햇빛이 스며드는 것이 보이는데 정작 답답한 시야는 조금도 나아질 기미가 보이지 않았다. 아니, 오히려 더 짙어져서 이제는 정말 한 치 앞도 분간하기가 힘들 지경이었다.

그렇게 의아해하는 루하를 보며 설란도 고개를 갸웃거렸다.

"이거 좀 이상해."

"이상하다니?"

"여기까지 오는 동안 인기척을 전혀 못 느꼈어."

"뭐?"

그럴 리가 없다.

운무가 짙어서 사위가 잘 보이진 않았지만, 지금 그들이 지나고 있는 길의 양옆으로 듬성듬성이나마 인가들이 있었다.

그러나 루하는 설란의 말에 반박을 하지 못했다. 이른 아침에 출발하다 보니 인적이 드물어서 그러려니 했던 거지만, 다시 돌이켜 보니 흑월객잔을 나선 이후로 정말로 인기척을 단 한 번도 느끼지 못했다. 기이할 정도로 조용한 마을이었다. 마치 마을만 있을 뿐 사람이 한 명도 살지 않는 것처럼.

왠지 섬뜩한 생각이 들어 길을 멈췄다.

그리고,

"잠깐 멈추세요."

뒤쪽의 표사들에게도 정지 신호를 했다. 그런데,

딸랑딸랑—

어쩐 일인지 마종 소리가 계속 울렸다.

"거참, 멈추라니까……."

듣지 못했나 싶어 목소리를 높였다.

딸랑딸랑—

그런데도 마종 소리는 계속 울린다.

의아해하며 뒤를 돌아보았다.

언제 그만큼 거리가 벌어진 것일까? 짙은 운무 속에서 보이는 건 가장 앞줄에서 따르고 있던 열두 명의 표사들뿐이다. 뒤를 보는 표사들의 얼굴에는 하나같이 당황한 기색이 역력했다.

그 순간 불현듯 본능처럼 어떤 섬뜩한 느낌이 머리털을 곤두서게 한다. 루하는 지체하지 않고 수레가 있어야 할 곳으로 몸을 날렸다.

하지만 없다.

당연히 있어야 할 수레가 보이지 않는다. 수레뿐만 아니라 수레를 지키던 표사들도 보이지 않았다.

“이봐요들! 지금 다들 어디 계시는 겁니까?”

표사들을 불러 보지만 이어지는 것은 그저 공허한 울림뿐이다. 더욱 기괴한 것은 그런 와중에도,

딸랑딸랑—

마종 소리는 계속 울린다는 것이다.

“대체 이게…….”

수레와 수레를 지키던 표사들은 어디로 간 것이며 이 마종 소리는 또 어디서 울리는 것이란 말인가?

혹시 이 운무 속에서 자신도 인식하지 못하는 사이 표사들과의 거리가 생각지 않게 많이 벌어져 버리기라도 한 것일까?

“그럴 리가…….”

아무리 운무로 시야가 가려졌다고 해도 표사들과의 거리가 멀어지는 것조차 인지하지 못했을 리가 없다.

뭐가 어떻게 된 건지 도무지 종잡을 길이 없는 상황. 이

런 상황에서 루하가 당장 할 수 있는 건 다시 왔던 길을 되짚어 표사들을 찾아보는 것뿐이다.

그리해 설란과 표사들에게 말했다.

"일단 내가 찾아보고 올 테니까 어디 가지 말고 다들 여기서 기다리고 있어 봐."

루하가 그렇게 말하며 땅을 박차려는데, 그런 루하를 설란이 다급히 붙들었다.

"안 돼. 가지 마. 소용없을 거야."

루하가 의아해하며 물었다.

"무슨 말이야? 소용없을 거라니?"

"아마 못 찾을 거야. 표사들도, 수레도. 게다가 자칫하면 길까지 잃게 될 수도 있어."

"무슨 소릴 하는 거야? 이 좁아터진 마을에서 길을 잃을 리가 없잖아."

"아니, 있어. 이거…… 진법이야."

순간 루하만이 아니라 연화와 표사들마저 어리둥절한 표정을 하며 설란을 본다.

"그게 무슨 말이야. 진법이라니?"

"우리…… 진법에 걸린 것 같아."

"우리가 무슨 진법에 걸려?"

"무슨 진법인지는 나도 몰라. 정신을 혼란케 하는 미혼진(迷魂陣)이라는 것 말고는. 이 소리…… 이 마종 소리, 잘 들어 봐. 어디서 들리는 건지 특정할 수 있어?"

"그야 아까부터 우리 바로 뒤에서……."

무심결에 반박하던 루하가 흠칫했다.

그러고 보니 뒤가 아니다. 그렇다고 앞도 옆도 아니다.

지금까지 바로 뒤에서 들리던 것이 모두 착각이었나 싶게, 도무지 그 소리가 어디서 들리는 건지 특정할 수가 없다.

"분명 미혼진에 걸린 거야. 그리고 마종 소리가 특정되지 않는다는 건…… 이 마을 전체가 미혼진의 일부이거나 혹은 전체라는 것이고."

"대체 누가 우리한테 미혼진을 걸어?"

"미혼진 같은 고도의 진법은 이미 중원에서는 거의 사라지다시피 했어. 워낙에 깊고 난해한 학문이라 그걸 익히고 전수할 인재를 찾기가 지극히 어렵기 때문이지."

"그럼 혹시 제갈세가야?"

제갈세가라면 그 어려운 학문도 익히지 않았을까?

"그럴 수도 있지만…… 제갈세가에 미혼진이 있다는 말은 들어 본 적이 없어."

"그럼 제갈세가 말고 누가…… 하긴 지금 중요한 건 그게 아니지. 그래서? 이 미혼진에서 벗어나려면 어떻게 해야 해?"

루하의 질문에 설란이 잠시 고민에 잠긴다. 그러다 조심스럽게 말했다.

"확실한 건 아냐. 하지만 지금 해 볼 수 있는 건……."

"……?"

"마종을 찾아서 부수는 거야."

"마종을 부순다고?"

"그 종류에 따라 다르긴 하지만 미혼진을 이루는 가장 중요한 핵심은 눈과 귀야. 사람이 가진 오감 중에서 가장 강렬하게, 그리고 가장 직접적으로 뇌를 자극시키는 것이 시각과 청각이니까. 미혼진은 그 두 개의 감각을 혼란케 하는 것에서부터 시작돼. 그러니까 지금 이 비정상적으로 짙은 안개와 마종 소리에서 미혼진이 시작되고 있을 가능성이 높아."

"그럼 이 안개도 가짜라는 거야?"

"아마도. 아니, 틀림없을 거야. 그러니까 미혼진으로부터 벗어나려면 둘 중 하나는 처리를 해야 해. 안개와 마종 소리, 둘 중 하나라면 당연히 실체 없는 안개보다는 마종 소리의 근원을 찾는 게 더 쉬울 테고."

설란의 설명에 루하가 눈살을 찌푸렸다.

"굳이 마종을 찾을 필요가 있어? 이 마을 자체가 다 가짜고 미혼진에 불과하다면 마종을 찾을 것 없이 그냥 이 마을을 통째로 날려 버리는 게 훨씬 간단하잖아."

"그건 안 돼. 이 안개는 단순히 시야를 가리기 위한 게 아냐. 미혼진 안에서만큼은 소리와 기척을 차단하는 천 겹의 벽이야. 어쩌면 사라진 표사들과 수레가 지금 우리 바로 옆에 있을 수도 있어."

루하가 이 마을을 날려 버리면 자칫 표사들이 크게 다칠 수도 있는 것이다.

결국 설란의 말대로 마종을 찾아서 진을 돌파하는 게 지금으로서는 가장 최선이다.

"그래서? 그 마종을 어떻게 찾는데?"

"다른 방법이 없어. 마을 안을 샅샅이 뒤지는 수밖에."

"뒤지기만 하면 찾을 수 있는 거야?"

미혼진이라고 하기에 뭔가 엄청 골치 아픈 것일 줄 알았더니 생각보다 간단하다.

"그나마 다행이지. 미혼진 중에는 걸음을 한 발만 잘못 내디뎌도 생사가 갈리는 위험하고 무서운 것도 있는데 여기에 펼쳐진 건 그 정도 수준은 아닌 것 같으니까. 오히려 이 미혼진을 설치한 자의 조예가 그리 깊지 않은지 단순하고 저급해. 내 느낌이 틀리지 않다면 천문과 지리가 아니라 단순히 기관만으로 만들어진 진법인 것 같아."

그 둘의 차이가 뭔지 알 리 없는 루하다.

"어쨌든 마을을 구석구석 다 뒤져서 마종만 찾으면 된다는 거지?"

"응."

루하와 표사들은 그 즉시 안개를 헤치며 마을을 뒤지기 시작했다. 혹시라도 그들마저도 길을 잃고 흩어지게 될까봐 설란이 가지고 있던 천잠사로 서로를 묶는 것을 잊지 않았다.

그런데 미혼진이라는 거창한 이름과는 달리 의외로 마종은 금방 찾을 수 있었다.

"찾았습니다! 여깁니다, 여기!"

뿔뿔이 흩어져서 마을을 뒤지던 표사 하나가 어느 가옥 안에서 그렇게 외쳤다. 급히 달려가 보니 가옥 안 내실로 통하는 쪽문 위에 마치 소라껍질처럼 생긴 작은 종이 좌우로 기계적으로 움직이며 '딸랑딸랑' 종소리를 내고 있었다.

기이했다.

분명 눈앞에서 마종이 울리고 있는데 그 소리는 멀리서 들리는 것 같은 착각이 들었다.

그 기이함에 선뜻 손을 가져가지 못하는 사이, 설란이 조심스럽게 마종과 그 마종이 설치된 주위를 꼼꼼히 살폈다.

그러고서 얼마 후, 루하를 보며 고개를 끄덕였다.

"다른 함정은 없는 것 같아."

"그럼 그냥 부수면 돼?"

"응."

설란이 고개를 끄덕였고 루하는 망설임이 없이 마종을 뜯어내서는 힘껏 움켜쥐었다. 순간 쇠로 만들어진 마종이 마치 사기그릇이 깨지듯 '콰지직' 둔탁한 소리를 내며 산산조각 난다.

그리고 종소리가 멈췄다. 아니, 멈췄다 싶은 순간,

딸랑딸랑 딸랑딸랑—

잠깐의 공백을 두고는 다시 어디선가 종소리가 울리기 시작한다.

"뭐야, 이게? 왜 종소리가 계속 들려? 미혼진은? 안 깨진 거야?"

루하가 의아해하며 물었지만 설란도 영문을 알 수 없는 것은 마찬가지였다.

그때였다.

"여깁니다! 여기에도 마종이 하나 더 있습니다!"

표사 왕기의 목소리였다. 길가 맞은편에서 들려왔다.

더욱 어리둥절해져서는 달려가 보니 이번엔 길가 맞은편 뒤쪽에 있는 우물가였다. 거기에도 조금 전 본 것과 똑같이 생긴 종이 좌우로 움직이며 소리를 내고 있었다. 이것 역시도 그 소리가 한참 멀리서 들리기는 마찬가지였다.

"뭐가 어떻게 된 거야? 아까 그건 가짜였던 거야?"

루하의 질문에는 대답하지 않고 설란이 다시 아까와 마찬가지로 마종과 마종 주위를 살폈다.

"역시 여기에도 다른 함정은 없어."

"또 부수라고?"

"응."

고개를 끄덕이는 설란을 보며 뭐라 입을 열려던 루하는 이내 생각을 고쳐먹고 설란이 시키는 대로 마종을 부쉈다.

콰지직—

하지만 이번에도 마찬가지였다. 아주 잠깐 종소리가 멈춘다 싶더니 이내 다시 어디선가,

딸랑딸랑—

종소리가 들려왔다.

이젠 아예 얼굴을 구기다시피 하는 루하다.

"뭐야, 정말? 이것도 가짜야?"

"아냐. 이것도, 아까 것도 전부 진짜야."

"그게 무슨 말이야? 진짠데 왜 미혼진은 그대로야?"

"그대로가 아냐. 잘 봐. 안개가 옅어졌잖아."

"……?"

루하가 의아해하며 주위를 둘러보았다. 그러고 보니 한 치 앞도 분간을 할 수 없을 만큼 흐렸던 시야가 어느새 많이 맑아져 있었다.

"처음부터 마종은 하나가 아니었던 거야. 아마도 마종 하나로 이 마을 전체를 아우르기에는 기술도 시간도 부족했던 것 같아."

"그러니까 급조해서 미혼진을 만드느라 마종이 여러 개가 필요했다?"

"응. 인력만 충분하면 구역을 잘게 나눠서 미혼진을 설치하는 게 훨씬 더 쉽고 빠르니까."

"그 말은 곧 이 미혼진이 원래부터 있었던 게 아니라 우리를 노리고 급하게 만들었다는 거네?"

"응."

"그럼 결국 셋 중 하나의 짓이라는 거고?"

"아니, 둘 중 하나야. 아무리 하급이라고 해도 미혼진은 아무나 쓸 수 있는 게 아냐. 말했다시피 무림에선 거의 절전되다시피 한 난해하기 그지없는 학문이고 기술이야. 녹림십팔채의 도적들이 미혼진을 알고 있을 리가 없어."

그럼 결국 이 일을 꾸민 것이 제갈세가 쪽이거나 정체 모를 복면 집단 쪽이라는 뜻이다.

"이것들이 결국 날 건드렸다, 이 말이지? 그래서? 둘 중 어느 쪽이야?"

"그건 아직 단정 지을 수 없어. 그리고 지금은 범인을 찾는 게 중요한 게 아니라 일단 이 미혼진부터 처리를 하고 표사들과 수레를 찾는 게 먼저야."

설란의 말이 맞다.

그때부터 루하와 표사들은 마종을 찾는 데 더 박차를 가했고, 그리해 여덟 개의 마종을 찾아 제거했을 때 딱 그만큼 열어진 안개 너머에서,

"국주님!"

모웅의 반가운 목소리가 들렸다. 모웅만이 아니었다. 모웅의 뒤로 장청을 비롯해서 표사들 스물두 명과 팽호강이 한꺼번에 안개 속에서 모습을 드러냈다.

"대체 이게 다 무슨 일입니까?"

그동안 어지간히도 답답했던지 그렇게 묻는 팽호강의 얼굴은 그 사이 몇 년은 더 늙어 보였다.

아무래도 그들은 미혼진에 대해선 전혀 모르는 모양이었다.

그래서 거기에 대해 뭐라 설명을 하려는데,

"한데 표물은 어디 있습니까?"

팽호강이 급히 주위를 둘러보며 물었다.

루하가 의아히 되물었다.

"그쪽이랑 같이 있었던 것 아닙니까?"

루하가 슬쩍 모웅을 보자 모웅이 고개를 저었다.

"아닙니다. 보시다시피 저희는 후위대뿐입니다."

그러고 보니 후위를 맡았던 표사 스물네 명 뿐, 수레는 물론이고 표물을 바로 옆에서 지키던 열두 명의 표사도 보이지 않았다.

"저희는 당연히 국주님께서 표물과 같이 있는 줄 알았는데……."

"이런, 아무래도 표행단이 세 개로 쪼개진 모양이네요."

루하가 미간을 찌푸리자 팽호강이 안달이 나서 말했다.

"그럼 이럴 게 아니라, 어서 수레를 찾아야하지 않습니까? 표물을 지키는 호위대에게 무슨 일이라도 생긴 거면……."

그 심정이야 충분히 이해를 한다. 루하도 마음이 급해지기는 마찬가지였다. 하지만 서두를 수 있는 일이 아니었다. 많이 걷히긴 했어도 안개는 남아 있었고, 마종 소리도 여전히 들렸다. 아직 미혼진을 다 깨트리진 못한 것이다.

그리해 수레를 찾는 행보는 더뎠다.

"이렇게 미적거릴 때가 아닙니다! 미혼진을 설치한 자들이 이미 표물을 훔쳐갔을지도 모르는 일이란 말입니다!"

팽호강이 악다구니까지 써 대며 재촉을 했지만 무시했

다. 이럴 때일수록 냉정해지지 않으면 자칫 표행단 전체가 위험에 처할 수도 있는 것이다.

그렇게 마종을 찾아 부수며 한 발 한 발 더딘 전진을 계속하다 보니 시야가 점점 더 환해졌다. 그리해 마침내 안개가 모두 걷혔을 때, 그들의 눈앞에는 뜻밖의 광경이 펼쳐져 있었다.

흑월객잔이었다.

아침나절 떠났던 그 흑월객잔으로 어느새 다시 돌아온 것이었다.

그리고 그곳에 있었다. 사라진 표사들이.

바닥에 아무렇게나 널브러진 채로.

"이게 대체……?"

모두가 이 난데없는 상황에 당황해하고 있을 때, 설란이 급히 쓰러져 있는 표사들에게로 다가가 상태를 살폈다.

"어, 어떻습니까?"

모웅이 떨리는 목소리로 물었고 설란이 안심하라는 듯 고개를 끄덕였다.

"괜찮아요. 다들 살아 있어요. 수면향에 취한 것뿐이에요."

설란의 말에 이번엔 루하가 의아해 했다.

"수면향?"

"응. 수면향에 취했어. 생명에는 지장이 없지만 적어도 여섯 시진은 못 깨어날 거야."

"대체 어떻게? 그동안 그렇게 주의를 했는데……."

어디서 어떻게 수면향에 중독이 되었단 말인가?

"손이야."

"손?"

설란이 표사 하나의 손을 들어 올렸다. 그리고 품속에서 작은 약병 하나를 꺼내어 들어 올린 손의 검지와 중지에다 약병에 담긴 투명한 액체를 부었다. 그러자 검지와 약지 끝이 푸른빛으로 물들었다.

"이 수면향은 무색무취에 피부에 닿기만 해도 약효가 생기는 금혼초(錦琿草)로 만든 거야."

금혼초에는 수면의 효능만 있는 것이 아니었다. 방향감각에도 영향을 미친다. 표사들이 이곳에 쓰러져 있는 것도 그 영향일 가능성이 컸다.

"아무리 그래도 그렇지. 그 점소이 녀석이 수상하다고, 객잔 안은 네가 다 살폈잖아."

표사들의 잠자리는 물론이고 심지어 뒷간까지, 객잔 안에서 표사들이 접촉할 수 있는 모든 물건들은 하나도 빠짐없이 설란이 다 조사했다.

"객잔 안은 그렇지."

"……?"

"객잔 밖에 있던 것까진 미처 생각을 못 했어."

"객잔 밖에 있던 거라니?"

"수레."

"……."

"안으로 옮긴 표물에만 신경을 썼지, 밖에 두었던 수레는 미처 생각을 못 했어. 우리가 자는 사이에 누군가 수레에다 수면향을 발라 둔 거야."

"아……!"

그제야 상황을 이해한 루하다.

수면향을 짐수레에 발라 둔 거라면 이 상황이 충분히 이해가 간다. 수레의 좌우를 호위하는 표사들은 표행을 함에 있어 습관적으로 수레에다 한 손을 올리는 경우가 많았다. 특히 쟁천표국의 표사들은 무거운 갑주까지 입고 있어서 수레에 한 손을 걸쳐두는 경우가 더 빈번했다.

그러한 표사들의 습관까지도 간파하고 수레에다가 수면향을 바른 것이다.

거기에까지 생각이 미친 루하가 그제야 생각이 났는지 주위를 두리번거렸다. 수레를 찾는 것이다. 쓰러진 표사들에 정신이 팔려서 정작 표물을 잊고 있었던 것이다.

그런데, 없다.

그의 눈이 닿는 어디에도 수레가 보이지 않는다.

"표물은요? 그래서 지금 표물은 어디 있습니까? 이미 놈들이 훔쳐 달아난 것입니까? 그러게 서둘러야 한다 하지 않았습니까!"

팽호강이 그제야 사태를 파악하고는 당혹감에 빠져서 루하에게 원망을 터트린다.

하지만 그래 봤자 이미 늦었다. 마종을 부수면서 오느라 후위대와 조우한 후로도 두 시진이 더 흘렀다. 만일 도둑을 맞은 것이 그 전이라면 찾을 길이 요원해진다. 더구나 안개가 걷히기가 무섭게 눈발마저 보이고 있지 않은가.

그런데…… 어쩐 일인지 지금 이 순간 루하는 전혀 당황해하지 않았다. 오히려 그 눈빛이며 표정은 태평하기까지 했다. 심지어 그의 입가에는 태평하다 못해 비릿한 미소마저 걸려 있었다.

그때,

"여기 바퀴 자국이 있습니다!"

표사 진청이 마을 입구 쪽을 가리키며 그렇게 외쳤다.

퍼붓기 시작한 눈발에 서서히 덮여 가는 길 위로 흐릿하게나마 수레의 것이 분명한 바퀴 자국이 남겨져 있었다.

더욱 다급해진 팽호강이 안달을 냈다.

"어서 쫓아야 합니다! 여기서 더 지체하면 그나마 있는 흔적마저 지워집니다!"

팽호강은 물론이고 표사들까지 조급한 기색을 숨기지 못한다.

아닌 게 아니라, 이대로 일각만 지나도 바퀴 자국은 눈에 덮여서 지워져 버릴 것이다. 그런데도 루하는 느긋했다. 아예 표물을 되찾을 생각이 없는 것처럼 조금씩 덮여 가는 바퀴 자국에는 아예 눈길조차 주지 않았다.

"왜……?"

설란마저 그런 루하가 이해되지 않는다는 듯이 의아해한다.

그러한 시선들 속에서 루하가 연화를 본다.

"너도 느끼지?"

루하의 영문 모를 질문에 연화가 고개를 끄덕인다.

"무슨 말이야?"

설란이 답답해하며 물었다.

"저 바퀴 자국, 가짜야. 눈속임이지."

"뭐?"

"표물은 여기에 있어."

그렇게 말하는 루하의 눈이 흑월객잔으로 향한다. 설란의 시선도 그를 따라 흑월객잔으로 옮겨졌지만 의아함만 더 짙어질 뿐이다.

지금 흑월객잔은 아침에 떠날 때와는 사뭇 다른 분위기였다. 보다 더 을씨년스럽고 적막하다. 마을 안 다른 가옥들과 마찬가지로 인기척이 전혀 느껴지지 않는다. 결국 그녀의 의심이 맞았던 것이다. 모르긴 몰라도 수레에 수면향을 바른 것도 그 벽안의 점소이 짓이 틀림없을 것이다.

그러니 더 이해가 안 된다.

인기척이라고는 전혀 느껴지지 않는데 표물이 여기에 있다니? 허면 표물을 훔친 자들이 애써 훔친 표물을 그냥 버리고 가기라도 했다는 말인가?

설란만이 아니다. 루하의 말에 연화를 제외하고는 모두가 어리둥절한 얼굴을 하고 있다. 그러한 시선들 속에서 루하가 연화를 보자 그 뜻을 알아차린 연화가 객잔의 처마를 받치고 있는 기둥에 손을 가져다 댄다.

이윽고,

쩌저저저저적—

투명한 소수가 닿은 곳에서부터 빙결이 서리기 시작하더니 그것은 삽시간에 흑월객잔 전체를 뒤덮었다. 그리고 객잔이 녹아내렸다.

푸스스스스스—

분명 나무로 만들어진 건물인데도 마치 얼음처럼 녹아내리는가 싶더니, 땅에 닿기도 전에 수증기로 변해서 흩어진다.

지금 이 자리에 있는 사람들 중에 루하와 설란을 제외하고 연화에 대해 아는 사람은 아무도 없었다. 심지어 장청과 모웅조차 범상치 않은 여인이라는 것 정도만 어렴풋이 느끼고 있을 뿐, 그녀가 누구인지, 그녀의 실력이 어떠한지는 전혀 알지 못했다. 그러니 흑월객잔의 건물은 물론이고 그 안에 있는 식탁이며 의자며, 모든 집기류까지 눈앞에서 먼지처럼 사라지는 것을 보는 그들의 반응이란 그야말로 경악 그 자체였다.

그렇게 모두가 입을 떡 벌린 채 충격에 빠져 있는 사이에 원래부터 그 자리에 없었던 것인 양, 방금 전까지 보았던 것이 착각이었던 양 감쪽같이 사라진 흑월객잔의 아래로 텅 빈 공간만이 남자 이번엔 루하가 그 텅 빈 공간 앞으로 걸어가 바닥에 손바닥을 가져다 댔다.

순간,

쿠웅—!

바닥에 가져다 댄 손바닥에서 둔중한 충격음이 들리더니,

까가가가가가강—

흑월객잔이 있던 그 공간에 마치 파도가 치듯 땅이 일렁이며 귀를 찢는 금속음이 일었고, 때를 맞추어 루하가 손을 들어 올리자 마치 자석에 달라붙기라도 한 것처럼 일렁이

던 땅이 번쩍 들렸다.

모두가 놀란 눈을 부릅떴다. 하지만 그건 단지 루하의 손에 족히 한 자가 넘는 두께에 이백 평이 넘는 땅이 들렸기 때문이 아니었다. 그 큰 땅 조각이 흑월객잔과 마찬가지로 루하의 손에서 먼지가 되어 사라진 때문도 아니었다.

산 하나를 통째로 날려 버리는 것도 보았는데 어찌 그 정도에 놀라겠는가.

지금 그들이 놀라고 있는 것은 들어 올린 땅이 아니라 그 아래에 펼쳐진 광경 때문이었다.

사람이었다.

적어도 오백 명은 넘어 보이는 사람들이 그 밑에 몸을 웅크린 채 표사들보다 더 놀라고 당황한 눈으로 그들을 올려다보고 있었다.

그때였다.

땅 밑에 웅크리고 있던 자들 중 하나가 돌연 루하를 향해 오른손을 떨쳤다.

"일탄섬(日彈閃)!"

순간,

파파파팟—

날카로운 파공성이 울리며 반짝이는 무언가가 빛살처럼 루하를 향해 덮쳐들었다. 그와 동시에 다른 한 명이 벼락처럼 루하를 향해 검을 날린다.

"금검추산(金劍推山)!"

검 끝에서 뿌려지는 금빛은 실로 눈이 부실 만큼 찬란했다.

그 돌발적이면서도 틈새 없이 퍼부어지는 합공에 순간적으로 움찔 놀라며 걸음을 뒤로 물리는 루하다. 하지만 그것은 예상치 못한 공격에 대한 반사적인 행동이었을 뿐, 그들의 공격이 위협이 되는 것은 아니었다.

상황을 파악한 그는 그 즉시 한 발을 크게 내디디며 한 손으로는 금빛 찬란한 검을 잡았고, 다른 한 손으로는 그 사이 코앞까지 이른 작은 빛줄기를 손등으로 쳐 냈다. 그런데, 작은 빛줄기를 쳐 낸 그 순간이었다.

펑—

그 작은 빛줄기에서 폭음이 터진다 싶더니 시커먼 연기가 시야를 가득 채운다.

'독인가?'

순간적으로 스치는 생각.

하긴 그 외에 달리 무엇이 있겠는가.

그걸 증명이라도 하듯 이때다 싶게,

"금검강살(金劍剛殺)!"

"절혼섬(切魂殲)!"

금검은 섬뜩하도록 찬란한 빛을 뿌리고 형체조차 보이지 않는 수백 수천 개의 암기는 폭우가 되어 그를 향해 퍼부어진다.

두 사내가 낼 수 있는 최고의 절기가 분명했다. 하지만 루하에겐 가소로울 뿐이다.

"흥!"

루하가 콧방귀를 날리며 자신을 향해 덮쳐드는 빛의 폭풍우 속으로 손을 밀어 넣었다.

"진령마장(秦嶺魔掌)!"

순간,

쿠웅—

밀어 넣은 루하의 손 주위로 착각인 듯싶게 눈에 보이지도 않는 대기가 파문을 일으켰고, 그 파문은 거대한 파도가 되어 금색의 찬란한 빛무리도, 수천 개의 암기도 다 날려 버렸다. 그것으로 끝이 아니었다.

콰콰콰콰콰콰콰콰—

그 사나운 대기의 파도는 폭주하듯 그대로 거침없이 퍼져 나가 루하를 향해 살수를 퍼부었던 두 사내마저 덮쳤다.

"크윽!"

"큭!"

신음을 토하며 주르륵 미끄러져 나가던 두 사내가 끝내

그 파괴적인 힘을 견디지 못하고 하나는 털썩 한쪽 무릎을 꿇었고 하나는 쿨럭 피를 토했다.

그런 그들의 얼굴은 핏기 한 점 없이 창백했다. 특히 한쪽 무릎을 꿇고 있는 사내의 눈은 경악과 의문으로 복잡하게 뒤엉켜 있었다.

"어떻게……."

그도 그럴 것이, 분명 첫 번째 공격인 일탄섬이 성공했다. 그리고 일탄섬에 숨겨진 독은 피부에 닿기만 해도 셋을 세기 전에 절명에 이르는 절독 일견사(一見死)였다.

한데, 어떻게 살아 있단 말인가?

이미 죽어 한 줌 핏물이 되었어야 하건만 어찌 저렇게 멀쩡하단 말인가?

하지만 거기에 대한 답을 물을 처지가 아니었다. 그 역시 뒤틀리는 기혈에.

"쿨럭!"

한 사발의 피를 토해야 했다.

서 있기는커녕 입을 열 기력도 없다. 입을 여는 순간 나오는 건 말이 아니다. 다시 한 사발의 울혈일 것이다.

그런 그들을 향해 터벅터벅 걸어와 오시하듯 내려다보던 루하가 불쾌한 투로 말했다.

"역시 제갈세가와 사천당문이었군."

사실 그들의 복색은 특색 없는 경장이었다. 그들의 얼굴 또한 본 적이 없었다. 그럼에도 그가 그렇듯 단정을 지은 것은 그들이 펼친 무공만으로도 그들의 출신을 유추할 수 있을 만큼 그도 이제 견문이 적잖이 쌓인 덕분이었다.

아니나 다를까, 이를 증명이라도 하듯 그들에게로 다가온 설란이 먼저 피를 토한 중년의 사내를 보며 입을 열었다.

"백부님……."

흔들리는 눈, 여러 생각이 교차하며 열릴 듯 열릴 듯 망설이는 입매, 하지만 끝내 고개를 떨어뜨리고 마는 사내.

익히 아는 사람이다.

제갈세가주 금검수사 제갈문.

"그렇다는 것은…… 당신은 사천당문주겠군."

루하의 말에 서 있는 것조차 힘든지 경련하듯 신형을 부들부들 떨고 있던 당학경의 눈에 절망이 들어찼다.

루하의 짐작대로 그는 사천당문주 일수천살 당학경이었다.

제갈문의 제의를 받았을 때만 해도 그는 자신했다. 혁련휘의 보물을 훔치는 것은 물론이고 자신들의 흔적을 지워 삼절표랑의 의심을 피하는 것까지 제갈문의 계획은 완벽했으니까. 제갈세가의 미혼진과 자신의 수면향은 그 출처를 삼절표랑이 절대로 추적할 수 없도록 철저히 비밀리에 준비한 것이었고 설혹 삼절표랑의 의심이 자신들을 향하더라도 남겨 둔 바퀴 흔적의 끝에는 그 의심을 다른 곳으로 돌릴 만한 장치도 따로 마련을 해 둔 상태였다.

그랬다. 그렇게 이중 삼중으로 철저히 준비한 계획이었다.

그런데, 그 모든 안배가 실패했다.

예상과는 달리 삼절표랑은 그들이 남긴 바퀴 흔적을 쫓아가지도 않았을뿐더러, 흑월객잔의 밑에 흡음석(吸音石)을 덮어 기와 소리를 완벽하게 감추었건만 그마저도 단번에 간파해 내고는 그들을 찾아낸 것이다.

그 순간 그들이 선택할 수 있는 것은 하나뿐이었다.

삼절표랑을 죽이는 것.

어차피 혁련휘의 보물을 훔치기로 한 순간부터 정과 협은 내려놓고 시작한 일이었다. 그것이 육대가문의 이름으로는 절대로 해서는 안 될 무도하고 패악한 일일지라도 여기서 삼절표랑을 죽이지 않으면 그들의 목숨은 물론이고 그들 가문의 명운마저 위태로워질 수 있었다.

그리해 조금도 망설이지 않고 삼절표랑을 죽이고자 했건만 그의 독수도, 제갈문의 살수도 전혀 통하지 않았다.

그 바람에 남은 것은 아득한 절망뿐이다.

그런 그들을 매섭게 노려보던 루하가 그들에게서 시선을 돌려 그가 파헤친 땅 밑, 아직도 어찌할 바를 모른 채 그들의 주인만큼이나 암담한 표정을 하고 있는 자들을 내려다보았다. 두 가문의 주인이 일거에 제압된 데다 삼절표랑의 이름 앞에 완전히 전의를 잃은 모습이다. 그런데, 하나같이 낯설기만 한 얼굴들 속에서 딱 한 명 낯익은 얼굴이 있었다.

벽안의 점소이.

그를 본 순간 루하의 입가에는 비릿한 미소가 걸렸다. 무의식적인 표정 변화였다. 딱히 악의를 담은 것도 살기를 품은 것도 아니었다. 그런데도 그 순간 점소이의 눈에는 루하의 미소가 마치 사신의 그것처럼 보였는지 새파랗게 질려서 바들바들 떤다.

그 모습을 보자니 심술이 동한다. 자신을 속인 것에 대한 괘씸함까지 더해져 아주 제대로 골려 줄까 하는 생각이 들었지만 관뒀다. 지금은 그런 장난이나 즐길 만한 한가한 상황이 아니었다.

땅 밑 한편에 잃어버린 표물이 무사히 있음을 확인한 루하는 그 즉시 표사들에게 명했다.

"저들을 모조리 다 묶으세요."

루하의 명에 설란이 다급히 입을 열었다.

"그치만 저 두 분은……."

말끝을 흐린 설란의 눈이 두 가문의 주인들을 향한다.

하지만 루하는 콧방귀를 뀌었다.

"저 두 사람이 뭐? 명색이 육대가문의 주인들이니 그에 맞게 대우를 해 주자고? 흥! 육대가문이고 자시고 간에 나한테 저들은 내 물건을 훔치려 한 도둑일 뿐이야. 그러니까 도둑에 맞게 대우하는 게 당연하잖아. 어차피 저들도 이만한 각오는 하고 이런 짓을 벌였을 테고."

육대가문의 주인들에 대한 예우는커녕,

"혹시 독이나 다른 사술을 숨겨 두고 있을지 모르니까 몸수색부터 철저히 하세요. 필요하다면 속옷까지 다 벗겨도 좋습니다!"

비할 수 없는 굴욕을 주는 것까지도 서슴지 않는다.

어쩔 수 없는 일이다. 상대가 상대인 만큼 자칫 틈을 주게 되면 표사들이 위험에 처할 수가 있었다. 그들의 체면을 지켜 주고자 표사들을 위험 속에 방치할 수는 없는 노릇이니 말이다.

루하는 그것으로도 안심이 되지 않는지 두 가문의 주인을 매섭게 노려보며 단호하고 냉엄하게 말했다.

"지금 이 순간부터 어떠한 허튼짓도 용납하지 않겠습니다. 그러니 어떠한 수작도 부리지 마십시오. 오늘 이 같은 짓을 벌인 것이 당신들임을 안 이상, 독을 쓴다거나 다른 술수를 부려서 이 자리를 모면하려 한다면, 그리고 내 사람들을 조금이라도 상하게 한다면! 내 이름을 걸고 맹세하는데 여기 당신들 목숨뿐만 아니라 제갈세가와 사천당문에도 그 죄를 톡톡히 물을 것입니다!"

第八章

보물 쟁탈전

사천당문과 제갈세가 제자들의 몸을 수색하고 천잠사로 손발을 묶고…… 표사들은 루하의 명대로 분주하게 움직였다.

그렇게 상황이 일단락되어 갈 무렵, 설란이 루하에게 물었다.

"어떻게 안 거야?"

"뭘?"

"표물이 아직 여기에 있다는 것 말야. 아까 보니까 흡음석까지 덮어 놓았던데, 기척을 느낄 수 있었어?"

"아니."

설란의 물음에 루하가 고개를 저었다.

"흡음석인지 뭔지 그거 때문인지는 모르겠지만, 기척 같은 건 전혀 못 느꼈어."

어쩌면 당연한 일이었다. 제갈세가와 사천당문에서 그렇게 허술하게 준비를 했을 리가 없다.

"근데 어떻게 알았어?"

"내가 느낀 건 저들의 기척이 아니라 청광편이니까."

"……?"

"진화 강시의 내단을 먹은 후로 그래. 가까이에 있는 건 그냥 알게 돼."

물론 청광편 하나하나가 다 잡히는 건 아니다. 하지만 저렇게 뭉텅이로 있는 건 크게 신경을 곤두세우지 않아도 자연스럽게 알게 된다.

탐욕인 것도 같고 반가움인 것도 같고 어떤 동질감인 것도 같다. 딱히 뭐라 정의 내릴 수 없는 낯설고 이질적인 감각.

'쟤도 이런 느낌인 건가?'

연화가 진화 강시를 상대할 때면 거칠 것 없이 살수를 뿌리면서도 막상 살수의 끝에 걸려 있던 어울리지 않는 슬픔이 이제는 어렴풋이나마 이해가 되기도 한다.

다만 운남에서 만났던 그 괴물 강시에 대해서만큼은 아

직도 모르겠다. 그 괴물 강시의 정체가 무엇인지, 괴물 강시를 대할 때 연화의 반응이 왜 그러했는지……

새삼 그렇게 연화를 보며 전날의 일을 떠올리고 있을 때였다.

무심하기만 하던 연화의 표정이 어쩐 일인지 갑작스럽게 딱딱하게 변했다. 어딘가로 급히 시선을 던지는 그 차가운 눈빛 또한 왠지 모르게 흔들리고 있었다.

그건 루하도 마찬가지였다.

찰나 간의 의아함 뒤에 가슴이 서늘해지고 머리털이 곤두선다. 그런 그의 시선도 어느덧 연화가 보고 있는 곳을 향하고 있었다.

뭘까?

이 기괴한 느낌은?

이 살벌한 기도는?

그런데 바로 그때였다.

그렇게 어딘지 익숙하면서도 낯설고, 그러면서도 치열하게 달아오르는 긴장감의 근원지로 돌연 연화가 신형을 날리는 것이 아닌가?

그 순간 루하의 내면에선 갈등이 소용돌이쳤다.

쫓아가고 싶었다.

대체 저 앞에 뭐가 있는 것인지, 무엇이 그를 이토록 긴

장케 하는 것인지 두 눈으로 확인하고 싶었다. 하지만 그럴 수 없다. 제갈세가와 사천당문은 제압했지만 아직 사방이 적인 상황. 연화가 자리를 비운 마당에 자신마저 이 자리를 뜨면 표행단 전체가 위험해질 수도 있다.

그렇게 루하가 섣불리 움직이지 못하고 그저 답답한 눈으로 연화가 사라진 방향을 쫓고 있을 때였다.

콰아아아앙!

연화가 사라진 그곳에서부터 마을 전체를 뒤흔드는 폭음이 전해져 왔다.

단지 폭음만이 아니었다.

적어도 수십 리의 거리는 떨어져 있는 것이 분명한데도 그곳에서 전해져 온 충돌의 여파에 표사들은 침음성을 흘렸고, 제갈문과 당학경은 다시 한 번 죽은피를 토하고 있었다.

더구나 그것은 한 번으로 끝이 아니었다.

연이어서 폭음이 터지고 사방으로 뿌려지는 기의 파편들이 대기를 요동치게 한다.

실로 가공할 만한 싸움이 그곳에서 벌어지고 있는 것이 분명했다. 그것이 연화를 상대로 한 것이기에 루하의 놀라움은 더 클 수밖에 없었다.

대체 누구란 말인가?

연화를 상대로 저렇듯 건곤일척의 승부를 벌일 수 있는 자가 누가 있단 말인가?

'설마…… 그때 그 괴물 강시가 또?'

생각이 거기에까지 미치자 심장이 덜컥 내려앉는 기분이다.

만일 설란이 짐작했던 대로 그 괴물 강시가 그때보다도 더 강해졌다면 연화의 안위마저 장담할 수 없었다.

그렇게 루하가 어찌할 바를 몰라 혼란스러워하고 있을 때였다.

"쟁천표국 표사들은 들으세요! 지금부터 천라쇄천대진(天羅鎖天大陣)을 펼칩니다!"

설란이 갑자기 표사들을 향해 그렇게 외치는 것이었다. 그 난데없는 명에 잠시 어리둥절해하는 표사들이지만,

"천라쇄천대진! 시(始)!"

모웅이 명을 복창하자 이내 표사들도 빠르게 진법 대형을 펼쳤다.

"왜……?"

루하의 의아해하며 설란을 보자 설란이 단호한 목소리로 말했다.

"다녀와."

"뭐?"

"강시도 거뜬히 상대하는 대쟁천표국의 표사들인데, 설마하니 제 한 몸 건사들 못 하겠어? 여긴 내가 어떻게든 지켜 낼 테니까 연화한테 가 봐. 만일 연화 혼자 감당할 수 없는 적이라면 결국엔 여기도 위험해질 테니까."

그녀의 말대로였다. 만일 연화가 감당할 수 없는 상대라면 루하 또한 감당할 수 있을지 장담할 수 없다. 그렇다면 더 늦기 전에 연화와 합공하는 것만이 최선일 수 있었다.

사태의 심각성을 보다 확실히 깨달은 루하는 설란에게 고개를 끄덕여 보이고는 그 즉시 연화를 쫓아 몸을 날렸다.

손과 손이 맞닿고,

콰앙—

폭음이 터지며 대기가 요동친다.

콰콰콰콰—

사방으로 퍼져 나가는 기의 폭풍우에 땅이 뒤집히고 하늘이 흔들렸다.

"음……."

현장에 도착해 경천동지의 싸움을 목격한 루하는 신음과도 같은 침음성을 흘렸다.

예상과는 달리 핏빛처럼 붉은 적포로 몸을 감싼 사내는 괴물 강시가 아니었다. 처음 보는 얼굴이었다. 아니, 그건 처음 보는 종류라고 해야 맞다.

첫 인상은 '강시가 아닌데?' 였다.

강시 특유의 회색 동공이 아니다. 더할 수 없을 만큼 흑백이 선명한 눈을 가지고 있었다. 그래서 순간적으로 사람이라는 생각을 하기도 했다. 그러나, 분명 강시였다. 비록 흑백이 선명한 눈을 하고 있지만 그 안에 깃들어 있는 진화 강시의 내단이 고스란히 느껴졌다. 아니, 저자의 심장에서 느껴지는 진화 강시의 내단조차 지금껏 느꼈던 것과는 사뭇 다르다.

보다 더 선명하고 깨끗하다.

정화가 되었다고 할까?

그렇잖아도 붉은 내단과는 달리 사기가 걸러져 깨끗해진 진화 강시의 내단인데, 그보다 한층 더 맑아진 느낌이었다.

그리고 그 느낌은 연화의 그것과 상당히 닮아 있었다.

그랬다.

지금 연화가 싸우고 있는 강시는 그 눈도, 그 내단도 정말이지 연화와 상당히 흡사한 모습이었다.

연화와 비슷하다는 것.

그것이 의미하는 바는 하나였다.

저 강시도 연화와 마찬가지로 완전해졌다는 것.

재생인지 불로불사인지는 아직도 단정을 지을 수 없지만

어쨌든 비로소 완전한 생명을 손에 넣은 것만은 분명했다.

어떻게 된 것일까?

연화야 조화지기의 영향이라지만 저 강시는 대체 어떻게 완전한 생명을 손에 넣게 된 것일까?

하지만 의문을 오래 붙들고 있을 처지가 아니다.

그야말로 한순간에 생사가 판가름 날 수 있는 치열한 혈투다. 혹시 모를 사태가 발생하기 전에 힘을 보내야 했다.

루하는 그 즉시 그들이 펼치는 치열하고 흉흉한 혈투 속으로 달려들며 검을 날렸다.

"광풍참(狂風斬)!"

순간, 루하의 검에서 검광이 번쩍인다 싶더니 그것은 이내 거대한 빛의 덩어리가 되어 노도처럼 두 강시를 덮쳤다.

그때까지도 거의 한 몸처럼 붙어서 공방을 이어 가던 두 강시가 그 난데없는 방해에 흠칫 놀란다. 하지만 그도 잠시, 자신들을 향해 덮쳐 오는 검광이 결코 간단히 받을 수 있는 것이 아님을 알아차리고는 누가 먼저랄 것도 없이 훌쩍 뒤로 몸을 물린다.

콰콰콰콰콰콰콰—

그렇게 벌어진 둘 사이의 대기를 검광이 갈기갈기 찢으며 스쳐 지나는 것과 동시에 루하가 적포 강시를 향해 벼락처럼 달려들었다.

"구성점멸(九星點滅)!"

"구유광혼(九幽狂魂)!"

"구절분영(九絕分影)!"

"구천격뢰(九天擊雷)!"

쉴 새 없이 퍼부어지는 검에 연신 뒤로 물러나며 간격을 만들던 적포 강시가 루하가 만들어 내는 검의 폭풍우 속으로 돌연 자신의 손을 밀어 넣더니

"흡룡회선(吸龍回旋)!"

마치 관절이 없기라도 한 것처럼 급격히 그 손을 회전시킨다.

"헉!"

그 순간 루하의 입에서 절로 다급성이 터져 나왔다.

엄청난 흡인력에 자신의 검이 적포 강시의 손으로 빨려 들었기 때문이었다. 검뿐만 아니다. 루하의 몸도 항거할 수 없는 흡인력에 맥없이 적포 강시의 손에 끌어당겨지고 있었다.

다급히 천근추의 수법으로 내공을 두 발에 실었다.

그런데, 그의 두 발이 천근추의 수법으로 땅에 닿는 순간이었다.

"여래압산(如來壓山)!"

적포 강시의 입에서 일갈이 터져 나온 것과 동시에 이번

엔 정말이지 태산이 짓누르는 듯한 압력이 사방에서 그를 덮쳤다.

"크!"

아직 몸에 닿지도 않았건만 밀어닥치는 압력에 절로 신음이 터진다. 그러니 만일 그 속에 갇히기라도 한다면 과연 어찌 되겠는가? 아무리 무쇠보다도 단단한 몸이지만 그 뒤가 어찌 될지는 그로서도 쉬이 장담할 수가 없었다.

하지만 피하지 않았다.

상대가 누구든 간에 힘으로는 밀리지 않을 자신이 있다.

루하는 온몸의 기를 다 끌어올려 검에 담았다.

그리고 내리치듯 검을 땅에 꽂았다.

"폭열참(爆熱斬)!"

순간, 내리꽂은 검에서 폭발하듯 검광이 터지고 그 빛 무리가 마치 파도처럼 사방으로 퍼져 나가 그를 향해 덮쳐 들고 있던 압력과 충돌했다.

콰콰콰콰콰콰콰콰콰콰—!

하늘이, 땅이, 대기가 모조리 다 부서지는 듯한 폭발.

그야말로 주위 모든 것을 다 집어삼키는 폭발이다. 당연히 적포 강시도 무사하지 못해야 했다. 하지만 흙먼지가 가라앉고 루하의 앞에 드러난 적포 강시의 모습은 그저 두어 걸음을 뒤로 물러난 것 외에는 상처 하나 없이, 상처는커녕 입고 있는 적포에 먼지 하나 묻히지 않은 채로 멀쩡히 서 있었다.

그 모습을 보고 있자니 가슴에 찬바람이 분다.

'뭐가 이렇게 강해?'

지금 저 모습만 보자면 오히려 운남에서 만났던 괴물 강시보다 더 강해 보이지 않는가.

'대체 어디서 저런 게 나타난 거야?'

새삼 다시 드는 의문.

마침 적포 강시의 눈도 루하를 향한다.

적포 강시의 눈에도 놀람이 들어차 있기는 마찬가지였다. 하지만 그도 잠시, 루하에게서 눈을 돌려 연화를 본다.

"저자 때문이냐?"

"……."

"저자 때문에 천주에게 가지 않은 것이냐?"

연화의 눈이 어지럽게 흔들렸다. 그러나 그건 잠깐일 뿐, 그 흔들리던 눈이 루하에 이르자 이내 다시 평온을 찾는다.

"대체 어째서? 저자가 네게 무엇이기에? 무엇이기에 일족의 염원마저 저버린단 말이더냐?"

날 선 추궁은 분노를 담는다.

하지만 연화에게선 어떠한 대답도 나오지 않았다. 오히려 그 말에 반응을 한 것은 루하였다.

천주는 뭐고 일족은 또 뭐란 말인가?

그렇잖아도 이 적포 강시에 대한 궁금증이 한가득인데 저 영문 모를 말들을 듣고 있자니 도저히 가만히 있을 수가 없다. 그래서 한마디 하려는데,

펑—

멀리서 폭음이 들렸다.

불길한 생각에 급히 폭음이 들린 곳으로 눈을 던졌다. 그런 루하의 시야로 저 멀리 하늘 가득 퍼져 나가는 빛 무리가 보였다.

'저건!'

신호탄이다. 가장 위급한 상황을 알리는 신호탄. 그리고 그 신호탄이 오른 것은 분명 표행단이 있는 마을 쪽이었다.

신호탄을 쏘아 올려야 했을 만큼 표행단에 뭔가 비상사태가 터진 것이 분명했다.

다른 것을 생각할 겨를이 없었다.

신호탄을 확인한 순간 루하는 반사적으로 표행단이 있는 곳을 향해 몸을 날리려 했다. 그러나,

"가지 못한다."

적포 강시였다.

그가 채 한 걸음도 떼기 전에 적포 강시가 그의 앞을 막아선 것이었다.

'유인책……이었나?'

루하는 자신의 앞을 막아선 적포 강시를 보며 아차 했다. 그런 한편으로 의아해하기도 했다.

이것이 유인책이 맞는다면 지금 표행단을 위협하고 있는 자들과 이 적포 강시가 한패라는 뜻이다. 그렇다면 녹림십팔채는 아니다. 제갈세가나 사천당문일 가능성은 더더구나 없다.

'그럼 결국 그 정체 모를 복면인들이랑 한패라는 건데…….'

이토록 강한 존재를 부릴 수 있는 자들이라니?

'대체 어떤 놈들인 거야?'

하지만 길게 생각할 여유가 없다.

촌각도 지체할 수 없다. 지금 이 순간에도 표행단의 위험은 시시각각 커져 가고 있을 것이었다. 무엇보다 그를 조급하게 만드는 것은 역시 설란의 안위였다.

뚫는다!

최대한 빨리!

앞을 막아선 적포 강시를 향해 루하는 지체하지 않고 땅을 박찼다.

"너랑 노닥거릴 시간 없으니까 비켜!"

그렇게 일갈하며 검을 떨쳤고, 그와 동시에 연화도 적포 강시를 향해 거침없이 소수를 뻗었다.

* * *

한편, 루하가 연화의 뒤를 쫓아 그렇게 사라지고 표사들에게 천라쇄천대진을 펼치게 한 설란은 조금도 긴장을 놓지 않았다.

사실 그녀는 연화가 어딘가로 달려갔을 때부터 그것이 함정일지 모른다고 생각했다. 그럼에도 루하를 보낸 것은 표사들을 믿었고 표사들이 펼치는 천라쇄천대진을 믿었기 때문이었다.

천라쇄천대진은 만일의 사태를 대비해 다수의 강시를 상대하기 위해 만들어진 것이었다. 그런 만큼 쟁천표국이 가진 진법 중에서도 가장 강하고 가장 단단했다. 천라쇄천대진이라면 어떠한 적이 나타나더라도 충분히 버텨 낼 수 있다고 자신했다.

그런데,

"적입니다! 적의 기습입니다!"

"크윽!"

급작스럽게 들이닥친 수백 명의 흑의 복면인들에게 그

단단한 천라쇄천대진의 한 축이 급격히 무너지고 있었다.

강했다.

아니, 강한 것도 강한 거지만 천라쇄천대진을 마치 제 손바닥 보듯 훤히 꿰뚫고 있는지, 취약한 부분을 정확히 짚어 내 집중적으로 공략해 온다.

그나마 금강한철로 된 갑옷과 무기의 이점이 있어 간단히 공간을 내주지는 않았지만, 그대로는 얼마 버티지 못할 것이 분명했다.

"대천성연환사십구진(大天星鉛丸四十九陳)!"

진법을 바꿨다. 비록 천라쇄천대진보다 단단하진 않지만 표사들이 이 진법을 완성하기까지 무려 이 년이라는 시간이 걸렸을 만큼 진법 자체의 난이도는 천라쇄천대진보다 어렵고 난해한 것이었다.

대천성연환사십구진이라면 쉽게 공략하지 못할 거라는 확신이 있었다. 하지만 진법을 바꾼 지 채 일각도 되지 않아,

"큭! 천위(天位)가 열린다! 막아!"

모웅의 다급한 외침이 터졌다.

"버텨! 버텨! 여길 뚫리면 바로 지관(地官)이 무너진다고!"

표사 조인청이 피를 토하듯이 악을 써 댄다.

그 난해한 진법마저도 흑의복면인들에겐 통하지 않는 것이었다.

이로써 확실해졌다.

쟁천표국이 가진 그 어떤 진법으로도 흑의복면인들에겐 소용이 없다. 진법의 효용으로 상대할 수 있는 적이 아니다.

"오행육합진(五行六合陣)!"

그리해 설란이 다음으로 바꾼 진법은 진법이라고 하기도 뭣한, 그저 일차 방어선 다섯 방위, 이차 방어선 여섯 방위를 점하고 그냥 대놓고 몸으로 때우는 것이었다.

강시를 상대할 때와는 전혀 다른 상황이다. 진법에 관해선 상대가 두 수, 세 수 위다. 기껏해야 도적 출신인 표사들의 어설픈 진법으로 막아 낼 수 있는 상대가 아닌 것이다.

그리해 단순무식하게 몸으로 때우는 게 낫겠다 판단한 것인데, 이게 생각보다도 더 잘 먹혔다.

확실히 관록이 많이 쌓였다. 개개인의 실력도 차이가 많이 나는 데다 수적으로도 절대적으로 불리한 상황이건만, 세상에서 가장 단단한 갑옷과 가장 날카로운 무기의 효능을 제대로 살려서 대적하는 표사들이다.

그 바람에 거침없이 진법을 부수며 표행단을 위협하던 흑의복면인들의 기세도 주춤했다. 그러나 그것도 잠깐이다.

"부숴라! 반드시 정화(淨化)의 인(因)을 취해야 할 것이다!"

우두머리로 보이는 자의 일갈이 있고, 잠시 주춤했던 흑의복면인들의 기세가 한층 더 거세졌다.

지체할 수 없다.

더 늦기 전에 루하를 불러야 했다.

설란은 즉시 위급을 알리는 신호탄을 쏘아 올렸다. 그리고 표사들에게 외쳤다.

"버텨요! 국주님이 오실 때까지 죽을힘을 다해 버티세요!"

신호탄을 쏘아 올린 것은 단지 루하를 부르기 위해서만은 아니었다. 루하가 곧 올 거라는 희망을 표사들에게 심어주기 위해서였다.

그리해 성난 파도처럼 덮쳐드는 흑의복면들의 공격에 이를 더 악다무는 표사들이다.

"아무렴 강시도 잡는 우린데 겨우 이딴 것들한테 당하겠습니까? 걱정 붙들어 매십시오!"

루하가 올 때까지만 버티면 된다는 희망이 그들에게 열 배, 백 배의 힘을 북돋운다.

그 와중에 가장 분주한 것은 장청이었다.

아직도 진법과는 거리가 먼 그였다. 그래서 진법이 펼쳐지면 항상 뒷전이 되기 일쑤였고 방금 전까지도 그랬다. 하지만 굳이 진법의 틀 속에 맞춰 있을 필요가 없는 지금은 그야말로 물 만난 고기였다.

그렇잖아도 불과 다섯 달 전, 끝끝내 단혼팔문도를 십이성 대성을 이룬 그였다. 이제 녹림칠패든 정도십이천이든 두렵지 않을 정도로 강해졌다. 그런 그가 세상에서 가장 단단한 갑옷을 입고 사방으로 날아다니며 세상에서 가장 날카로운 칼을 휘둘러 대니, 그가 닿는 곳에는 흑의복면인들도 걸음을 뒤로 물릴 수밖에 없었다.

그렇게 장청이 사방으로 날뛰며 흑의복면인들의 화력을 분산시키고 있을 때였다.

돌연 등 뒤에서,

슈아아앙—!

대기를 가르는 날카로운 소리가 들리는가 싶은 순간 뭔가 서늘한 감각이 옆구리를 스쳤다.

놀란 마음에 급히 허리를 비틀며 훌쩍 몸을 뒤로 물렸다. 그런 장청의 시야에 그를 향해 급속도로 달려드는 흑의복면인이 보였다.

장청은 그가 조금 전까지 흑의복면인들을 진두지휘하던 우두머리라는 것을 단번에 알아차렸다.

그들의 일에 장청이 가장 큰 방해거리라 판단하고 우두머리가 직접 나선 것이었다.

'흥! 어디 한번 해보자고!'

장청은 주저하지 않고 땅을 박차 그 우두머리를 마주해 갔다. 그리해 장청의 칼과 우두머리의 칼이 허공중에 맞부딪혔다.

까앙—

"큭!"

충돌의 여파로 휘청 신형이 뒤로 꺾이는 장청이다. 반대로 우두머리는 아주 살짝 움찔했을 뿐 이내 다시 검을 떨쳐 온다.

'강하다…….'

한 번의 부딪침만으로도 충분히 알 수 있었다.

사왕? 녹림칠패? 아니, 정도십이천의 수장인 불성 광혜가 이러할까?

이렇게 강한 자는 지금껏 만나 본 적이 없다. 적어도 사람 중에서는 그랬다. 물론 루하도 그의 기준에선 이미 사람이 아니었다.

아무튼 허투루 상대할 수 있는 자가 아님은 분명했다.

장청은 자신을 향해 덮쳐드는 우두머리의 칼을 향해 자신의 칼을 내질렀다.

"흡!"

지금 이 순간 장청이 선택할 수 있는 것은 결국 단혼팔문도뿐이었다.

그런데, 그의 칼이 우두머리의 칼과 맞닿고, 그 힘을 자신의 칼에 빨아들이려는 순간이었다.

캉—

자신의 칼과 맞닿아서 자석처럼 붙어야 할 우두머리의 칼이 오히려 둔탁한 소리를 내며 튕겨 나가는 것이 아닌가. 심지어 그의 칼에 담겼어야 할 상대의 힘도 그 순간 칼끝에서 연기처럼 흩어져 버린다.

'뭐?'

전혀 예상치 못한 상황에 장청이 어리둥절해하는 사이 그렇게 튕겨 나갔던 우두머리의 칼이 다시금 그를 향해 쏘아져 들어왔다.

"흡!"

다시 한 번 단혼팔문도를 시전했다.

캉—

하지만 우두머리의 칼은 이번에도 처음과 같이 이내 튕겨 나가며 단혼팔문도의 간격을 벗어나 버렸다.

'단혼팔문도의 요체를 알고 있다!'

그렇지 않고서야 단혼팔문도의 간격을 이렇게 자유자재로 넘나들 수 있을 리가 없다. 더 난감한 노릇은 공격은 해오지만 정작 승부를 결할 의지를 전혀 보이지 않는다는 것이다.

그야말로 약이라도 올리듯이 깔짝깔짝댄다. 아니, 약을 올리는 것이 아니다. 시간을 끄는 것이다.

"크윽!"

그가 우두머리에게 발목이 잡혀 있는 사이 기세를 올린 흑의복면인들의 공격에 방어진이 급격히 흔들리고 있었다.

그런데도 지금 장청으로서는 표사들을 도울 방법이 없었다. 도저히 우두머리에게서 발을 뺄 수가 없다.

그렇게 이러지도 저러지도 못한 채 답답해하고 있을 때였다.

"와아아아아! 쳐라! 혁련휘의 보물은 우리가 가져갈 것이다!"

난데없는 소란이 터져 나오더니 한 무리의 사내들이 사납고도 흉흉한 기세로 우르르 달려든다.

그런데 그들 역시도 복면을 했다.

하지만 굳이 복면을 벗기지 않아도 그들의 정체는 빤했다.

녹림십팔채.

그동안 그렇게도 끈질기게 달라붙던 녹림십팔채가 갑작스러운 흑의복면인들의 등장으로 닭 쫓던 개 신세가 될 듯하자, 발등에 불이 떨어져서는 앞뒤 잴 것도 없이 무작정 달려든 것이었다. 그런 와중에도 복면을 쓴 것은 나중에 루하가 추궁을 해 오면 발뺌이라도 해 볼 속셈인 모양이었다.

어쨌든 간에 앞에선 흑의복면인이 성난 파도처럼 밀어붙여 오고 뒤에선 녹림십팔채가 달려든다.

눈앞이 아찔하도록 암담한 상황. 그러나 정작 녹림십팔채를 보는 장청의 눈에 깃드는 것은 첩첩산중의 막막함이 아니라 한줄기 희망이었다.

그도 그럴 것이, 흑의복면인들과 녹림십팔채의 목적이 같은 만큼 어쩌면 뜻밖의 어부지리를 얻게 되는 상황이 벌어질지도 모르는 것이다.

그러한 생각은 설란도 같았다.

장청마저 발이 묶여 도저히 어떻게 해 볼 수가 없는 상황에서 녹림십팔채의 등장은 그들에겐 구원줄이자 돌파구였다. 그러나 그 순간 녹림십팔채의 선두에서 터져 나온 일갈에 그 한 가닥 희망은 더욱 암담한 절망으로 바뀌었다.

"우리의 목적은 어디까지나 혁련휘의 보물! 저 시커먼 새끼들이랑은 가능한 부딪치지 말고 우리는 쟁천표국 놈들만 친다!"

이미 다 지시를 해 놓은 상황일 텐데도 일부러 그렇게 크게 외친 것은 흑의복면인들의 의사를 타진한 것이었다.

이대로 셋이 뒤섞여서 이도 저도 아니게 만들 것인지, 아니면 둘이서만 경합을 할 것인지.

대답은 바로 나왔다.

"우리도 우리의 길만 열 것이다!"

그때부터는 속도 경쟁이었다.

쟁천표국 표사들이 단단히 쳐 놓은 방어진을 부수고 누가 먼저 길을 뚫느냐, 그리해 누가 먼저 혁련휘의 보물을 차지하느냐. 그 승부였다.

그 바람에 마치 합공이라도 당하듯이 집중포화를 맞는 표사들이다.

이제 그들이 기댈 수 있는 것은 당장이라도 루하가 달려와 주는 것뿐이었다.

'얘는 왜 이렇게 늦는 거야?'

설란조차 감감무소식인 루하를 향해 야속한 푸념을 던질 수밖에 없는 절체절명의 순간, 그런데 그때였다.

꼬끼오—!

생각지도 않았던, 그래서 더 반가운 울음소리가 갑자기 저 하늘 멀리서 들려오는 것이 아닌가?

놀람과 의아함으로 망연히 하늘을 올려다보는 그녀의 시야로 작은 점 몇 개가 들어왔다. 처음에는 작은 점이었지만 그것은 이내 급격히 커져서 눈 깜짝할 사이에 제 형체를 찾았다.

놀랍게도 그것은 쟁천표국에 두고 왔던 닭수리였다.

'대체 닭수리들이 어떻게 여길……?'

놀랄 일은 그것뿐만이 아니었다.

선두에서 날아오고 있는 암수 닭수리들의 뒤로 그동안 성체가 되어서도 전혀 날지 못했던 새끼 닭수리 오형제가 창공을 가르며 날아오고 있는 것이었다.

꼬끼오오오오—!

제 부모들보다도 더 우렁찬 울음소리를 내며.

슈파슈파—

거침없는 날갯짓으로.

第九章

백 명의 생명을 담다

"비켜! 이런 데서 놀고 있을 시간 없다고!"

루하가 앞을 막는 적포 강시를 향해 맹렬하게 검을 날리고, 그에 맞춰 연화의 소수가 적포 강시의 전신요혈을 파고든다.

장담컨대 고금을 통틀어도 둘의 합공을 감당할 수 있는 자는 존재하지 않을 것이다.

그건 적포 강시도 예외가 아니었다. 폭풍처럼 몰아치는 둘의 공격에 연신 걸음을 뒤로 물리기 바쁘다. 감히 반격할 엄두조차 내지 못한다. 하지만 그런데도 쉽게 몸을 빼지 못하는 루하다.

힘은 분명 루하에게 못 미친다. 무공에 대한 조예는 연화가 더 깊다. 그리해 둘의 합공에 일방적으로 몰리고 있건만 얄미울 정도의 노련함과 능수능란한 임기응변으로 루하가 몸을 뺄 길목만큼은 끝끝내 내주지 않는다.

그렇게 발목이 잡혀 일각을 허비했다.

돌파구가 열린 것은 바로 그 즈음이었다.

쾅—

연화의 소수가 마침내 적포 강시의 가슴을 때린 것이다.

"크윽!"

짤막한 신음을 토한 적포 강시의 신형이 휘청하며 틈이 생겼다. 루하는 그 틈을 놓치지 않고 벼락같이 달려들어 검을 내리쳤다.

그런데, 루하의 검이 거침없이 내리꽂히며 적포 강시의 머리를 반으로 쪼개 버리려는 찰나였다. 난데없이 어떤 거력이 덮쳐와 루하의 검을 쳐 버리는 것이었다.

까앙—!

귀를 찢는 금속음이 터지고, 적포 강시를 내리치던 검이 방향을 잃고 튕겨난다.

검뿐만이 아니다. 그 강대한 힘에 밀려 의지와는 상관없이 거의 삼 장가량을 주르륵 밀려나고서야 겨우 신형을 바로잡는 루하다.

'뭐, 뭐야?'

그 갑작스러운 상황에 등허리가 서늘할 정도로 놀란 루하가 급히 그 힘의 근원지로 눈을 돌렸다. 그리고 보았다.

한 사내를.

나이는 삼십 대 초중반, 깔끔한 흰색 무복을 입었고 머리에는 영웅건을 둘렀다.

겉모습만 보자면 전형적인 무인인 적포 강시와는 사뭇 다른 느낌이다. 하지만 같은 부류다. 백의 사내의 심장에서도 내단이 느껴진다. 그것도 적포 강시의 것과 완벽하게 똑같은.

'뭐야? 하나가 아니었던 거야?'

아주 기겁을 할 지경이다.

갑자기 이런 강시들이, 아니, 이제 강시라고 부르기도 애매한 이 무지막지한 것들이 대체 어디서 나오는 것이란 말인가?

그 바람에 겨우 열었던 길이 또 막혔다. 더구나 그 길을 뚫기가 처음보다 두 배는 더 힘들어졌다.

이 와중에도 시시각각으로 위험이 가중되고 있을 표행단을 생각하니 아주 속이 바짝바짝 타들어 간다.

그런데 아주 답답해서 돌아가실 지경인 바로 그때였다.

꼬끼오—

난데없는 중에도 반가운 울음소리에 어리둥절 하늘을 보니, 만 리 밖에 두고 온 닭수리들이 그를 향해 날아오고 있었다.

어디 그뿐이랴. 날갯짓조차 제대로 못 했던, 그래서 제 부모로부터 비행 능력을 물려받지 못한 거나 아닌지 심히 걱정까지 했던 새끼 닭수리들이 보란 듯이 더 큰 날갯짓을 하고 있다.

상황에 어울리지 않게도 그 모습에 가슴이 다 뭉클해지는 루하다. 하지만 한가하게 감상에나 빠져 있을 때가 아니었다. 닭수리들과의 재회를 즐길 때도 아니다. 그를 향해 반가운 울음소리를 토하며 활강을 시작한 닭수리들을 보며 루하가 표행단이 있는 방향을 가리켰다.

"표행단으로 가! 표행단으로 가서 표사들을 도와!"

루하를 향한 그 애달픈 그리움만큼이나 무섭게 활강하던 닭수리들이 순간 허공중에 정지했다. 그리고 찰나간 루하를 보는 듯하더니 그 즉시 방향을 바꾸어서는 표행단을 향해 빛살처럼 날아간다.

그렇게 닭수리들이 표행단을 향해 날아가는 것을 확인하고 나자 한결 마음이 놓이는 루하다.

여유가 생겼다.

무림인들이 단체로 덤벼서야 겨우 잡던 괴수를 마치 고

양이 쥐 사냥하듯 하는 닭수리들이다.

비록 새끼들은 아직 경험이 부족하다고 해도, 일곱 마리의 닭수리들이라면 표행단에 능히 천군만마의 힘이 되어 줄 터였다.

그리해 루하는 새롭게 등장한 백의 강시를 마주했다. 그 사이에도 연화는 이미 적포 강시와 생사혈투에 들어간 상태였다.

루하도 검을 곧추세웠다.

갑작스럽게 당한 일격이긴 해도 방금 그 한 차례의 충돌로 적포 강시 못지않은 상대라는 걸 충분히 인지했다. 하지만 개의치 않는다. 마음이 급했을 때야 막막했지 한결 여유를 찾은 지금은 상대가 누구라도 이길 자신 있다.

어지럽던 마음이 가라앉았다.

내쉬는 숨은 고르고, 곧게 세운 검은 평온하다. 평온한 중에도 모이고 모인 긴장이 작은 떨림을 만든다.

"그래! 한번 박 터지게 붙어 보자고!"

다음 순간, 백의 강시를 향해 주저 없이 몸을 날렸다.

*　　　*　　　*

꼬끼오—

날갯짓 한 번에 녹림도들이 중심을 잃고 날아간다. 날아가는 녹림도의 목덜미를 크고 날카로운 발톱으로 잡아채 하늘로 까마득히 날아오른다 싶기가 무섭게 곤두박질치듯 직하강해서는 녹림도의 무리 속으로 던져 버린다.

콰아아아앙—!

"크억!"

"으아악!"

포탄이라도 떨어진 듯이 땅은 움푹 파이고, 파인 땅의 파편들이 사방으로 난다. 뿌옇게 일어나는 먼지구름과 그 속에서 터져 나오는 비명들.

전장에 합류한 닭수리들의 활약은 눈부셨다. 일곱 마리의 닭수리들이 그렇게 전장을 휘저으니 복면인들이고 녹림십팔채고 할 것 없이 우왕좌왕하며 정신을 차리지 못한다.

반대로 표사들은 사기충천이다. 흔들리고 위태롭던 표행단의 진열이 다시 제 모습을 찾으며 더욱 단단해지고 공고해졌다.

반면 복면인들과 녹림십팔채는 닭수리들이 만들어 내는 난리 통에 대열을 유지하는 것 자체가 불가능한 상황.

"뭐야! 뭐 이런 개판, 아니, 새판이 다 있어! 어떻게 좀 해 보라고!"

여기저기서 답답한 외침들이 터져 나오지만 속수무책이

었다. 무림에서 난다 긴다 하는 녹림십팔채의 두령들조차 닭수리들을 어찌하지 못하고 있었다. 상상을 초월하는 빠르기에 자유자재로 하늘을 난다. 노리고 노린 끝에 회심의 일격을 날려도 대체 뭐로 만들어진 건지 깃털 하나 베어지지가 않는다.

정말이지 뭐 이런 괴물 같은 생명체가 다 있나 싶었다.

그건 복면인들도 마찬가지여서 그들의 우두머리는 이 난감한 상황에 대한 해법을 전혀 찾지 못하고 애만 태우고 있었다.

복면 속으로 보이는 눈에 답답함과 조급함이 뒤엉키고, 그 눈은 이내 저 멀리 이곳보다도 더 격렬한 전투가 벌어지고 있는 곳으로 향했다.

대기는 요동치고 연이어 터져 나오는 폭음이 천지를 뒤흔든다. 얼마나 치열한 공방이 오가고 있을지 굳이 보지 않아도 알 수 있다.

'역시 천인(天人)들로도 삼절표랑을 제압하기에는 역부족인 건가?'

삼절표랑을 제압하는 것이 가능했다면 벌써 그리했을 것이다.

지금 저렇듯 오래도록 공방을 이어가고 있다는 것은 결국 그들이 그들에게 주어진 첫 번째 임무인 '삼절표랑의 발목을 잡아 최대한 시간을 끄는 것'에 충실할 수밖에 없는 상태라는 뜻이었다. 그렇다는 것은 삼절표랑이 그들의 안배를 부수고 당장이라도 이곳으로 달려올 수도 있다는 뜻이기도 했다.

우두머리의 눈에 갈등이 어린다.

하지만 갈등은 짧았다.

"퇴(退)!"

그의 입에서 짤막하지만 단호한 일갈이 터져 나온 순간 난잡한 전장에서 닭수리들의 공격을 피하랴, 표사들이 쳐 놓은 방어진을 두들기랴, 정신없이 뛰어다니던 복면인들이 마치 시간이 정지하기라도 한 것처럼 모든 동작을 멈췄다. 그리고 썰물이 빠져나가듯 일사불란하게 전장에서 우르르 빠져나간다. 그리해 마침내 우두머리마저 어딘가로 신형을 날리자 복면인들이 있던 공간은 일순 조금 전까지의 그 사납고 살벌했던 기세가 거짓말이었던 것처럼 휑해졌다.

그 바람에 가장 당황한 것은 녹림십팔채다.

가뜩이나 닭수리들이 나타나고부터 모든 것이 다 꼬여 버렸는데, 적어도 표행단을 두들기는 그 순간만큼은 의지할 수 있는 가장 든든한 동료였던 복면인들마저 그렇게 갑작스럽게 몸을 빼 버리니 망치로 뒤통수를 한 대 두들겨 맞은 것처럼 다들 멍했다.

"이, 이 개잡놈들이 지들만 살자고 내뺀 거야?"

"어떡해? 어떡할 거야? 우리도 그냥 빠져야 하는 거 아냐?"

"무슨 소리! 이렇게까지 판을 벌여 놓고 그냥 빈손으로 돌아가는 게 말이 돼? 난 절대로 그렇게는 못 해!"

그렇잖아도 이렇다 할 통솔자가 없는 녹림십팔채다. 평상시에도 중구난방 의견이 분분한 그들인데 하물며 이런 난리 통에야 오죽할까.

분분한 의견들 속에 갈팡질팡 갈피를 잡지 못하고 헤맨다.

그렇게 이러지도 저러지도 못한 채 시간만 허비하고 있을 때였다.

"다들 동작 그마아아아안!"

뒤에서 일갈이 터졌다.

거리감은 아주 멀었다. 하지만 도적들의 귀를 파고드는 그 쩌렁쩌렁한 목소리는 천둥소리보다 더 크게 들렸다.

화들짝 놀라서 고개를 돌리는 모두의 시야에 수십 리 까마득한 거리를 단숨에 격하며 달려오고 있는 사내가 보였다

그것이 루하임을 깨닫기까지는 불과 눈 한 번 깜빡할 시간도 걸리지 않았다.

그랬다.

그들을 향해 공간을 격하며 달려오고 있는 사내는 조금 전까지 강시와 사투를 벌이고 있던 루하였다.

강시들을 제압하고 길을 연 것은 아니었다.

복면인들이 이곳에서 빠져나간 것과 동시에 신호를 받은 강시들이 스스로 물러난 것이었다.

물론 강시를 쫓고 싶은 마음도 있었다. 하지만 참았다. 그에게 있어 무엇보다 우선하는 것은 설란의 안위를 확인하는 것이었다.

그리해 달려왔고, 이렇듯 녹림십팔채와 만나게 된 것이었다.

루하를 마주한 도적들의 눈에 걸린 공포야 말할 것도 없다. 모르긴 몰라도 복면 속 얼굴은 그보다 더 파랗게 질려 있을 것이다.

잠시 표행단으로 눈을 돌려 설란과 표사들의 안위를 확인한 루하가 다시 도적들에게로 매서운 눈빛을 던진다.

그리고 한 마디 툭 내뱉었다.

"벗어!"

"……."

"복면들 벗으라고! 아니면 내가 대신 벗겨 줘?"

루하의 말에 움찔 놀라며 누구 할 것 없이 주춤 뒤로 걸음을 물리는 도적들이다.

그런 도적들에게 루하가 다시 한 번 으름장을 놓았다.

"당신들 녹림십팔채인 거 아니까 얼른 얼굴들 까라고!"

녹림십팔채라는 것까지 언급을 했는데도 쉽게 복면을 벗지 못하는 그들이다. 심지어 그들 중 하나는 신형을 날려 도주를 시도하기까지 했다.

물론 무의미하다 못해 무모하기까지 한, 멍청하기 이를 데 없는 시도였다.

도적이 채 세 걸음을 떼기도 전에 단번에 허공을 격해서 그 도적의 앞을 막아서는 루하다. 도적이 반사적으로 칼을 떨쳐 왔지만 마치 눈앞에서 알랑거리는 파리를 쳐 내듯 도적의 칼을 손등으로 쳐 내고는 그대로 도적의 목을 잡아 올렸다. 그리고 그 상태 그대로 사정없이 바닥에 내동댕이쳐 버렸다.

쾅!

어찌나 강하게 내동댕이쳤는지 사방 다섯 장의 땅이 움푹 파여 거북이 등짝처럼 쩌저적 갈라졌을 정도였다. 그러니 어디 사람인들 온전하겠는가.

"쿨럭!"

입뿐만 아니라 코와 귀, 심지어 눈에서도 피를 토한다.

이미 내장이란 내장은 죄다 터져 나간 것이 틀림없었다.

당연히 생명인들 부지할 수 있을 리가 없다.

루하의 그 잔혹한 일수에 도적들의 심장이 얼어붙었다.

지금 그들의 눈앞에서 칠공으로 피를 토하며 죽은 자가 묵성채의 채주 곡상천임을 알기에 더 그랬다.

녹림십팔채의 두령 중에서도 손꼽힐 만큼 강한 고수를 단 일 수에 저 지경으로 만들어 버린 것이다. 그러니 다시금 쏘아져 들어오는 루하의 눈빛을 감히 누가 감당할 수 있겠는가.

그렇게 더할 수 없는 공포에 압도당한 그들을 보며 루하가 보다 더 살벌해진 어투로 씹어뱉듯 말했다.

"벗어!"

지금 이 순간만큼은 루하의 말이 곧 법이었다.

그 누구도 그 명에 저항하지 못했다.

그리해 하나씩 벗겨지는 복면들, 그리고 드러나는 얼굴들…… 그 속에 아는 얼굴들이 있다.

쟁천표국 앞에서 난리를 피웠던 녹림십팔채의 두령들, 그 사나운 인상들을 어찌 잊을까. 물론 그 사나운 인상들이 지금은 순한 양처럼 변해서 루하의 눈치를 살피기에 바쁘지만 말이다.

마치 눈도장이라도 찍으려는 듯이 그들의 면면을 하나하나 눈에 담은 루하가 이번엔 제갈세가와 사천당문 쪽으로 시선을 던졌다.

흑월객잔 아래 자신들이 파 둔 피난처로 잽싸게 몸을 피한 덕분에 그 난리통에도 다들 멀쩡했다. 손발까지 묶여 있었던 것을 생각하면 역시 무림을 대표하는 가문의 제자들답게 몸이 날래긴 하다.

루하가 그들을 보며 표사들에게 지시를 내렸다.

"결박을 전부 다 푸세요."

"예?"

예상치 못한 루하의 명에 모웅이 의아해한다.

당장 녹림십팔채 도적들부터 포박을 해도 모자랄 판에 이미 결박해 둔 자들을 도리어 풀어 주라니?

의아해하는 것은 비단 모웅만이 아니다. 표사들은 물론이고 당사자들인 제갈세가와 사천당문의 제자들마저 영문을 몰라 한다.

"어찌하시려고?"

"일단 저들의 결박부터 푸세요."

도무지 그 속이 짐작되지 않았지만 어쨌거나 루하의 명이다. 모웅은 더 묻지 않고 표사들에게 지시를 내렸다. 이윽고 결박에서 풀려난 자들이 더러는 의아해하고 더러는 불안해하며 루하를 본다.

루하의 눈이 풀려난 두 가문의 제자들과 아직도 공포에

절어서 단두대 앞에 선 죄수마냥 죽은 얼굴을 하고 있는 도적들을 아우른다.

그리고 내뱉는 한마디.

"오늘은 여기서 풀어 드리겠습니다. 그러니 이 길로 곧장 중원으로 돌아가세요."

루하의 그 한마디는 예상치 못한 것을 넘어 황당할 지경이었다.

"그게 무슨 말이야? 저들을 그냥 이대로 중원으로 돌려보내겠다고?"

설란조차 당혹감을 감추지 못하며 물었다.

루하가 대수로울 것도 없다는 듯이 대답했다.

"어차피 북해빙궁까지 저들을 다 끌고 갈 수는 없잖아."

"아무리 그래도 그렇지, 저들은 우리를 죽이려 했어. 닭수리들이 때 맞춰 오지 않았으면 표사들 목숨이 위험할 뻔했다고."

제갈세가와 사천당문은 표물만 훔치려 했을 뿐이지만, 녹림십팔채는 표행단이 위급한 틈을 타 복면인들과 한통속이 되어서는 협공까지 해 왔다. 그때를 생각하면 아직도 아찔하고 분이 안 풀리는지 설란의 목소리는 그녀답지 않게 꽤나 격앙되어 있었다.

그런 그녀의 반응에 루하가 고개를 저었다.

"나도 알아. 저들을 이대로 용서해 줄 생각 추호도 없으니까 안심해. 내 물건을 훔치려 한 것으로도 모자라서 내 사람들을 죽이려 했는데, 내가 용서 같은 걸 해 줄 리가 없잖아."

루하의 시선이 다시 한 번 그 용서받지 못할 자들을 향했다.

그 시선이 한층 더 매섭고 차갑다.

"이대로 각자 있던 곳으로 돌아가서 아무것도 하지 말고 쥐 죽은 듯이 있으세요. 그러면 표행을 마치는 대로 따로 연통을 줄 것입니다. 연통을 받으면! 이 자리에 있는 사람들은 단 한 명도 빠짐없이 쟁천표국 앞에서 우리를 기다리세요. 당신들에 대한 처분은 그때 가서 내리도록 하죠!"

만일 꼼수를 부리거나 그 자리를 회피하려 한다면 그 뒷일이 어떻게 될지는 굳이 말을 안 해도 알 수 있을 만큼 루하의 목소리는 단호하고 냉엄했다.

만일 그의 명에 한 치의 어긋남이라도 있다면 두 가문은 멸문지화를 면치 못할 것이고, 녹림십팔채는 지옥을 맛보게 될 것이리라.

무림에서 잔뼈가 굵은 그들이 그렇게 모골이 송연해져서 목을 움츠릴 정도로 지금 루하는 화가 많이 나 있었다.

그건 스스로에 대한 자책이기도 했다.

표행단을 노리는 적을 이미 알고 있었는데도 한순간의 방심으로 표사들을 잃을 뻔했다. 심지어 설란마저 위험으로 내몰고야 말았다.

안일했다.

세상 두려울 것 없이 강해졌고 세상 아쉬울 것 없이 단기간에 많은 것을 얻다 보니 세상을 너무 만만하게 봤다. 그 대가로 자칫 가장 귀하고 소중한 것을 잃을 뻔했다.

그러한 자신의 방심이, 안일함이, 멍청함이 참을 수 없을 정도로 화가 났다. 그리고 그 화는 고스란히 정체 모를 복면인들에게로 넘어간다.

'대체 그것들 정체가 뭐야?'

설마하니 그들이 그런 대단한 강시들을 부리고 있을 줄 어찌 상상이나 했겠는가.

그보다 더 가슴 서늘하게 하는 것은 적포 강시와 백의 강시가 끝이 아닐 수도 있다는 점이다.

물론 지금은 그 둘뿐일 가능성이 높다. 그렇지 않다면 루하와 연화에게 그 둘만을 보냈을 리가 없다. 거기서 하나만 더 보태어졌어도 상황은 지금과는 판이하게 달라졌을 테니까.

하지만 과연 둘로 끝일까? 그 무지막지하게 강한 강시를 이미 둘이나 만들었는데, 몇 구 더 만들지 못하리란 보장을 어찌한단 말인가?

생각하면 할수록 가슴이 답답해 온다. 세상 무서울 것 없던 루하였건만 이게 얼마 만에 느끼는 두려움인지 모르겠다. 그런 만큼 복면인들이 대체 누구인지, 무엇하는 작자들인지 궁금증은 더 커진다.

* * *

어쨌든 두 가문과 녹림십팔채는 그 길로 중원으로 돌아갔다. 어깨를 축 떨어뜨린 채 힘없이 걸어가는 그들의 모습은 그야말로 도살장으로 끌려가는 소나 다름없었다. 다시는 허튼 수작을 부릴 엄두도 낼 수 없을 만큼 기가 꺾일 대로 꺾인 모습들이다. 그들의 등에서 한줌의 전의도, 투지도 느껴지지 않는 것이 다른 후환을 걱정할 필요는 없어 보였다.

그들이 떠나자 표사들은 바쁘게 재정비를 시작했고, 그들의 위로 닭수리들이 사방으로 날아다니며 혹시 모를 위험에 대비했다. 그렇게 모든 정비가 끝났을 때, 날은 이미 어두워져 있었다.

표사들은 굳이 멀리 갈 것도 없이 바로 그 자리에서 노숙에 들어갔다. 주위에 빈집들이 널리고 널렸지만 워낙에 큰 싸움을 벌이고 난 터라 따로 떨어져서 밤을 보내기가 껄끄럽고 불안했던 것이다.

그렇게 노숙 준비가 끝나고, 루하는 늘 그랬듯이 설란과 연화와 함께 본격적으로 퍼붓기 시작한 눈을 피해 간이 막사에 들었다.

모닥불이 지펴지고, 두 여인과 도란도란 둘러앉은 루하의 주위로 오늘의 영웅인 닭수리들이 찰싹 달라붙어 부리를 비벼 댄다. 평상시 같았으면 귀찮다며 밀쳐 냈을 테지만 오늘만큼은 활약이 활약인지라 뭘 해도 귀엽기만 해서 그냥 하고 싶은 대로 하게 내버려 두었다.

그렇게 닭수리들의 애정 공세를 기분 좋게 즐기던 루하가 이윽고 눈빛을 진지하게 하며 연화에게 물었다.

"그놈들…… 누구야?"

지금까지는 아직 완전하지도 않은 기억을 억지로 들추게 하고 싶지 않아서 그녀의 과거에 대해서 굳이 묻지 않았다.

되도록 그녀가 먼저 말해 줄 때까지 기다릴 생각이었다. 하지만 상황이 이렇게 되고 보니 그렇게 기다려 줄 마음의 여유가 없다.

'저자 때문에 천주에게 가지 않은 것이냐? 저자가

네게 무엇이기에 일족의 염원마저 저버린단 말이더냐!'

적포 강시가 연화에게 했던 말로 유추해 보자면 적포 강시 역시도 연화의 과거와 관련이 있는 자가 분명했다. 그렇다는 것은 복면인들의 정체도 연화가 알고 있을 가능성이 높았다.

루하의 물음에 설란도 눈을 빛내며 연화를 본다.

연화의 눈에 잠시간 갈등의 빛이 비쳤다. 그러나 그건 아주 잠깐의 망설임일 뿐, 체념과도 같은 한숨을 토한 연화가 이내 루하의 물음에 대답했다.

"혼천마교."

순간 루하는 눈살을 찌푸렸고 설란은 흠칫해 했다.

만일 사천에서 저저촌에 대해, 그리고 그곳에서 찾은 혈주를 통해 그 이름을 듣지 못했더라면 그들의 반응은 조금 더 격해졌을지도 모른다. 하지만 혼천마교는 그들이 생각해 둔 몇 가지의 가능성 중에 이미 이름이 올라 있던 것이었다. 그래서 크게 동요하지는 않았다. 그럼에도 막상 그 이름을 연화를 통해 듣고 나니 놀람이 적지가 않았다.

"사라진 저저촌 촌민들이라는 게 역시 혼천마교의 잔당이었던 거야?"

연화가 고개를 끄덕이자 설란은 이해가 안 된다는 듯 급히 물었다.

"혼천마교에서 왜? 혼천마교가 강시를 다룬다는 건 들어 본 적도 없어."

게다가 강시는 혈마동에서 나왔다. 모든 정황상 혈교에서 만든 것이 틀림없었다.

"혼천마교와 혈교…… 그 둘, 무슨 관계야?"

그 둘 사이에 분명 세상에 알려지지 않은 무언가가 있다고 밖에는 생각할 수 없다.

연화에게서 대답이 나온 것은 이번에도 얼마간의 망설임이 있은 후였다.

"혈교는…… 사실 이름이 없어. 천 년이 넘는 시간 동안 그저 사람들이 여러 이름으로 불렀을 뿐이지."

"혹시 그럼…… 천외천도?"

설란이 그녀의 외조부이자 단씨세가의 가주, 천수신검 단우헌에게 들었던 말이 새삼 떠올라서 물었다. 단우헌은 혈교가 사실은 천외천의 다른 이름일지도 모른다고 했다.

아니나 다를까,

"그렇게 불리기도 했지."

설란의 질문에 연화가 고개를 끄덕인다.

궁금해하던 것 하나가 풀렸지만 여전히 이해가 안 되는

루하다.

“혈교라면 그야말로 악의 집단이고, 천외천은 그래도 무림인들에겐 존엄과 동경의 대상인데 어떻게 한 집단이 그렇게 판이하게 다른 이름으로 불릴 수가 있는 거지?”

“우리는 정사 어디에도 치우치지 않아. 아니, 천 년의 시간 동안 아예 세사에 관여하지 않았어. 먼저 건들지만 않으면.”

“그러니까 먼저 건드는 놈들이 있어서 세상에 나왔고, 그래서 그때마다 다른 이름을 얻었다?”

“우리 혈족은 언제나 강했으니까. 그 강함이 늘 무림인들의 호승심과 열등감을 자극했고. 그 상대가 사마외도일 때는 천외천이 되었고 정파일 때는 혈교라 불렸어. 때론 다른 이름으로 불리기도 했고.”

“결국 너도 혈교라고도 불리고 천외천이라고도 불린…… 그 혈족의 일원이었던 거야?”

연화가 고개를 끄덕였다.

“그럼 아까 그 강시들도? 아니, 혈마동에서 나온 강시들 전부 다?”

이번에도 고개를 끄덕이는 연화다.

“맞아. 우리 모두에게는 하나의 피가 흘러. 아니, 강시가 되기 전까진 그랬지. 강시가 되면서 혈족의 피는 단 한 방울도 남기지 않고 모조리 다 태워 버렸으니까. 그리고 혼천마교는…… 우리가 세상에서 맺은, 그리고 끊어 내지 않은 단 하나의 인연이야. 그들이 스스로 만든 그들의 주인이자 신앙. 그게 바로 우리 혈족이고 그들 혼천마교와 우리 혈족과의 관계야."

그 말인즉슨 과거 무림정복, 천하일통에 가장 근접했던 혼천마교가 그들 혈족의 종에 불과하다는 것이다.

"대체 왜? 너희 혈족은 어째서 혈족원들을 강시로 만든 거야? 같은 혈족에게 어떻게 그렇게 잔혹한 짓을 한 이유가 뭔데?"

"진실로 잔혹했던 것은 우리를 강시로 만든 사람들이 아니라 강시가 된 우리들이야."

그렇게 말하는 연화의 눈이 붉게 달아오른다. 심지어 그 얼음장 같기만 하던 눈동자에는 그렁한 물기마저 맺혀 있었다.

낯설었다. 그래서 더 아프게 느껴지는 모습에 루하도 설란도 차마 뭐라 입을 열지 못하고 있는데, 연화의 입에선 그보다 더 충격적이고 놀라운 말이 흘러나왔다.

"우리는 강시가 되기 위해서 이 심장에 백 명의 혈족을 담았으니까."

"그게 무슨…… 말이야?"

강시가 되기 위해서 심장에 백 명의 혈족을 담다니?

불현듯 떠오르는 것이 있었지만 그 생각을 붙들고 있기에는 너무 끔찍한 일이라 급히 머릿속에서 그것을 치워 버렸다.

하지만 소용없다. 애써 치워 버린 그 끔찍한 생각을 억지로 붙들어서 확인시켜 주는 연화다.

"백 명의 피, 백 명의 혼, 백 명의 내공……. 그래, 너희가 말하는 강시의 내단은 혈족 백 명의 생명을 담아서 만든 거야."

"……."

하나에 백 명의 생명. 처음 혈마동에서 발견된 강시가 백 구가 넘었으니 무려 일만 명 이상이다.

"대체…… 왜?"

처음에는 고수들을 강제로 납치라도 해서 강시라는 최악의 병기를 만든 것이라 생각했다. 그만큼 혈교의 이름은 극악한 것이었다.

그런데, 아니었다. 강시는 고수들을 강제로 납치해서 만든 것이 아니라 혈교의, 혈교라는 이름으로도 불린 어느 혈족이 그들 스스로 자발적으로 된 것이었다. 그리고 이를 위해 일만 명의 혈족원이 희생되었다.

대체 왜?

"그렇게까지 하면서 강시를 왜 만든 건데? 왜 강시가 된 건데?"

천외천이라 불리며 존엄과 동경의 대상이었던 그들이, 그저 존재만으로도 무림인들의 호승심과 열등감의 대상이 되었을 만큼 뛰어났던 그들이 왜 그 많은 희생을 감수하면서까지 굳이 강시가 된 것이란 말인가?

"우리 혈족은 태어날 때부터 남들과는 다른 재능을 가지고 태어나. 한 명, 한 명이 일가를 이룰 수 있을 만큼 큰 재능이지. 하지만 하늘은 우리에게 재능만 준 것이 아냐. 떨쳐 낼 수 없는 시련도 같이 주셨어."

"시련?"

"짧은 수명."

"……."

"하늘은 우리에게 재능을 내렸지만, 단명이라는 천형도 같이 준 거야."

"단명이라면 얼마나……?"

"사람마다 달라. 경우에 따라서 오십을 넘기는 사람도 있고 그 절반도 못 넘기는 사람도 있지. 하지만 한 가지 모두에게 공통적인 건 '어느 날 갑자기' 라는 거야. 어느 날 갑자기, 아무런 예고도 없이 우리는 그렇게 죽어. 우리가 그 큰 재능과 힘을 가지고도 세사에 관여하지 않은 가장 큰 이유가 바로 그것이지. 당장 내일 죽어 버린다 해도 이상할 것이 없는 우리니까."

당장 내일 죽을지도 모르는데 천하를 가진들, 명성을 얻은들 그게 다 무슨 의미가 있겠는가.

"우리는 우리의 천형을 늘 두려워했고 저주했어. 그리고 그 천형에서 벗어나기 위해 필사적으로 발버둥 쳤어."

그 과정에서 무림인들이 이해할 수 없는, 용납되지 않는 일들도 많이 저질렀다. 혈교라는 이름도 그러던 중에 얻게 된 것이었다.

"그리해 찾아낸 방법이 바로 환혼혈강시야."

불로불사에 가장 근접한 존재.

듣고만 있던 설란이 조급히 물었다.

"그래서 환혼혈강시는 어떻게 만드는 건데?"

"재생의 씨앗."

"재생의 씨앗?"

"백 명의 피와 백 명의 혼, 백 명의 내공, 그리고 백 명의 생명을 담은 그릇. 너희가 말하는 강시의 내단을 우리는 그렇게 불렀어."

그것이 환혼혈강시를 만드는, 아니, 그들에게 지워진 그 잔인한 천형을 벗어 버릴 수 있는 유일한 해법이자 요체였다.

루하가 불쑥 끼어들었다.

"아무리 그래도 그렇지, 하나를 살리기 위해 백 명이 죽는단 말이야?"

아무리 언제 어떻게 죽을지 모른다고 해도, 고작 한 명을 살리기 위해서 백 명을 죽음으로 내몬다는 건 너무 비상식적이다.

"점점 더 가혹해지던 천형이 끝내 우리에게 마지막을 선고했으니까."

"……?"

"모두에게 주어진 시간이 채 일 년도 남지 않았음을 우리는 알아 버린 거야. 그러니까 한 명을 살리기 위해 백 명의 목숨을 죽음으로 내몬 게 아니라, 피할 수 없는 멸족의 굴레에서 생존 가능성이 높은 자들을 선별해서 건져 올린 것뿐이야."

"아무리 그래도 그렇지…… 아니, 그건 그렇다고 쳐도 강시가 강시를 죽이는 건 뭐야? 멸족의 굴레에서 한 명이라도 살리기 위해 백 명이 희생했다는 거야 그렇다 쳐도, 같은 혈족끼리 동족상잔까지 하는 건 너무 막장이잖아?"

"원래부터 그렇게 안배된 게 아냐. 그건 어디까지나 예기치 못한 변수가 작용한 거야."

"변수?"

"재생의 씨앗은 이름 그대로 씨앗일 뿐, 싹이 트고 꽃을 피우기까지는 오랜 시간이 필요해. 그런데 숙성이 다 되기도 전에 세상에 나와 버린 거야."

"그럼 제갈세가에서 혈마동을 찾은 것부터가 잘못이었다는 거야?"

"재생의 씨앗이 숙성되기에 이백 년은 턱없이 모자란 시간이니까. 원래의 안배대로라면 우리는 이백 년을 더 혈마동에서 잠들어 있었어야 했어."

이를 위해 누구도 찾을 수 없는 곳에 혈마동을 지었다. 혹시라도 있을 변절을 염려해 혼천마교에조차 그 위치를 알리지 않았는데, 누구도 찾지 못할 거라 생각했던 혈마동을 제갈세가에서 찾아내 버린 것이다.

그 바람에 완전히 숙성되지 않은 채로 세상의 공기와 닿았고, 그리해 결국 불완전한 채로 깨어나 버리고 말았다.

"그러니까 역시 불완전함을 채우기 위해 본능적으로 다른 강시를 죽이는 거다?"

"만일 우리가 아무런 방해도 받지 않고 안배대로 사백 년의 시간을 얻었다면 다른 불완전함을 채울 필요도 없이 모든 숙성의 과정을 그 안에서 마쳤을 거야. 그렇게 되었으면 지금처럼 난폭하지도, 동족 간에 죽이고 죽이는 일도 없었겠지."

생각하면 섬뜩하다.

혈마동이 제갈세가에 발견되지 않았더라면, 그리해 아무 일 없이 이백 년이 더 흘렀더라면 아까 만난 그런 무지막지한 강시들이 백 구가 넘게 세상으로 나왔을 수도 있었다는 것이 아닌가?

'그동안은 세사에 관여하지 않았다지만 그거야 언제 죽을지 모르니까 그랬던 거고, 불로불사를 얻은 마당에도 과연 얌전히 있어 줄까?'

모르긴 몰라도 한바탕 피바람이 불 것은 자명한 일이다.

'이어지는 것은 당연히 공포 통치일 테고. 그러고 보면 제갈세가가 나름대로 무림에 좋은 일을 한 셈이네.'

물론 훗날의 무림을 위해서는 좋은 일이지만 당장 지금을 사는 루하에겐 골칫거리일 뿐이다.

"아무튼 그러니까 그렇게 동족상잔을 하다 보면 아까 그 놈들처럼 완전해질 수 있다는 거지? 그럼 그런 놈들이 계속 더 늘어날 수도 있다는 거고?"

"물론 불안한 방법이야. 알다시피 대부분이 그 과정에서 씨앗이 가진 힘을 제어하지 못하고 폭발해. 그러나 그건 사백 년의 시간을 얻어 온전히 숙성을 마쳤다고 해도 크게 다르지 않아. 숙성된 씨앗의 힘은 그 자체로 엄청나서 그 힘을 감당할 수 있는 자는 소수에 불과할 테니까."

"그럼 이러나저러나 어차피 백 명 중에서 일부만 살아남는다는 거네?"

연화가 고개를 끄덕이며 덧붙였다.

"하지만 그것으로도 끝이 아냐. 재생을 완성하자면 마지막으로 하나의 과정을 더 거쳐야 해."

"마지막 과정?"

"정화(淨化)겠지."

루하의 반문에 그렇게 불쑥 끼어드는 설란이다.

루하가 설란을 보며 다시 반문했다.

"정화?"

"피의 정화, 혼백의 정화. 어쨌든 간에 강시는 이미 한 번 죽은 자야. 재생의 씨앗이란 게 정확히 어떤 원리로 만들어지는 것인지는 모르겠지만, 그것으로 몸은 되살릴 수 있을지 모르지만 죽음으로 얼룩진 사자(死者)의 혼백마저 온전하게 되돌릴 수 있을 거라고는 생각되지 않아."

설란의 말에 연화가 고개를 끄덕였다.

"맞아. 피를 정화하고 혼백에 묻은 사자의 얼룩을 씻어내지 않으면 그저 힘이 더 세진 강시에 지나지 않지. 이지가 상실된, 본능만으로 움직이는 그런 강시."

"그럼 아까 그자들은 뭔데?"

이성도 있었고 지혜도 있었다. 본능대로만 움직이던 지

금까지의 강시들과는 전혀 다른 부류였다.

"그야 정화의 과정까지 모두 마친 자들이지."

"그 정화라는 거…… 어떻게 하는 건데?"

"정화의 인이 필요해."

"정화의 인?"

생소한 이름에 루하가 의아해하자 연화가 어딘가로 슬쩍 시선을 던졌다. 그곳에는 오늘 이 모든 사단의 원인인 혁련휘의 보물, 청광편이 있었다.

"저게 정화의 인이야? 저걸로 피를 정화하고 사자의 얼룩을 씻는다고?"

"저 상태로는 안 돼. 저걸로 산 자의 피를 정화하고 그 정화된 피로 죽은 자의 혼백을 씻는 거야."

연화의 말에 루하는 미간을 찌푸렸고 설란은 격앙된 목소리로 물었다.

"그럼 그동안 정화의 인을 먹고 실종된 자들이 전부……."

"맞아. 마지막 과정을 마치자면 정화된 피가 아주 많이 필요하니까. 그리고 우리 혈족의 안배에 따라 그 대법을 행하는 건 혼천마교고."

그제야 모든 게 이해가 된다는 듯 루하가 고개를 주억거렸다.

"그래서 그놈들이 표물을 노린 거군. 그놈들한테도 청광편, 아니, 정화의 인을 모으는 건 쉬운 일이 아닐 테니까."

혼천마교가 표물을 노린 이유는 물론이고 지난날 기억도 없던 연화가 청광편을 보며 그토록 경계했던 이유도 이제야 알았다.

"그러니까 정화의 인은 일종의 미끼 같은 거로군."

내공을 탐해서 그걸 취하는 순간 재생의 제물이 되어 버린다. 모르긴 몰라도 천왕채의 도적들도 그렇게 제물이 되어서 정화의 도구로 쓰였을 것이다.

"악독하네. 악독해. 강시가 불완전한 상태로 세상에 나온 거야 예측 불가능한 변수였다지만 정화의 과정은 이미 정해진 안배였다면, 결국 애초부터 지들 명맥 유지하려고 애꿎은 사람들을 제물로 쓸 생각이었던 거잖아?"

루하가 혀를 설레설레 내두르며 연화를 본다.

하지만 연화의 표정에선 조금의 가책도 느껴지지 않는다.

하긴, 일고의 망설임도 없이 동족의 심장을 뜯어내던 그녀가 아니던가.

세상에 다시없을 재능을 타고난 자들, 그리고 천 년을 이고 살아온 천형……. 아마도 살아온 방식도 다를 것이고 생각하는 방식도 다를 것이다.

그리고 지금 그가 주지할 것은 그녀가 아니라 혼천마교

였다.

'당장은 다시 덤벼들지 않겠지만…….'

그들에게서 표물을 빼앗는 것이야 실패로 돌아갔다지만 아직 세상에는 정화의 인이 널려 있었고, 내공을 탐해 그것을 취하는 자들이 점점 더 늘어나고 있을 것이다.

그렇다면 걱정했던 대로 아까 만난 그 무지막지한 자들이 더 늘어날 수도 있었다. 아니, 어쩌면 지금 이 순간에도 어딘가에선 새로운 존재를 깨우기 위해 대법이 행해지고 있을지도 몰랐다.

'일단 표행을 마칠 동안만이라도 더 안 늘어나야 할 텐데 말이야.'

아니다. 그러고 보면 이미 그렇게 무지막지한 놈이 하나가 더 있었다.

운남에서 만났던 강시.

아까 만난 자들처럼 이지가 온전해 보이지는 않았다. 모르긴 몰라도 정화의 과정을 마치지 못한 것이 틀림없었다. 그런데도 오히려 정화의 과정을 마친 자들보다 훨씬 더 강했다. 혼자서 감당할 수 없어서 연화의 도움을 받고서야 겨우 쫓아내지 않았던가.

그 괴물 같은 강시가 만일 여기에 합류한다면?

생각만 해도 가슴이 철렁한다. 그런 한편으로 새삼 궁금하기도 해서 연화에게 물었다.

"근데 그놈은 뭐야?"

루하의 질문이 뜬금없었는지 연화가 가만히 루하를 본다.

"그 왜 있잖아. 전에 운남에서…… 네가 '지켜야 하는 자'라고 했던 그놈 말이야. 그놈 대체 뭐야?"

대답은 바로 나왔다.

"우리 일족의 수장."

예상했던 대답이다. 하지만 충분하지 않았다. 아무리 기억이 없었다고 해도 저 섬뜩하도록 투명한 소수로 일족의 심장을 주저 없이 쥐어뜯던 그녀였다. 조금 전 적포 강시를 상대할 때도 손속에 일말의 인정도 두지 않았다. 그런 그녀가 그토록 망설이고 주저했던 것이 단지 일족의 수장이라는 이유 때문이었을까?

루하가 납득이 되지 않는다는 눈빛으로 연화를 본다. 그로부터 잠깐의 정적이 있었다. 그리고 연화가 그 정적 속에서 한마디를 더 덧붙였다.

"그는…… 내 친혈육이야."

"친혈육이라고? 그럼 남매라는 거야?"

"그래. 그는 내 오라비야."

"……."

"우리 일족은 세 살이 되기 전에 스승을 얻어서 집을 떠나. 그래서 내 머릿속에 그와의 기억은 없어. 대법이 시행되던 날 처음으로 그를 본 게 내가 그를 기억하는 전부야. 그리고 그날 그는 우리들의 수장으로 정해졌어. 그는 우리 중 가장 강했고 가장 뛰어났으니까. 숙성된 재생의 씨앗이 가진 힘, 그 힘을 온전히 감당할 수 있는 자가 과연 몇 명이나 될지 아무것도 장담할 수 없는 상황에서 생존 가능성이 가장 높은 자에게 일족의 미래를 맡기는 건 너무나 당연한 일이니까."

그제야 그날 그녀의 행동이 이해가 간다.

주저함과 망설임, 그럼에도 그를 향해 끝내 살수를 뿌릴 수 있었던 것까지.

그로써 궁금하던 모든 것들이 풀렸다.

혈교가 천외천이라는 상반된 얼굴을 가지게 된 이유. 그들이 강시를 만든 이유. 강시가 진화와 폭주 사이에서 그토록 강하고 또한 불안정했던 이유. 그리고…… 수백 년 전에 종적을 감춘 혼천마교가 난데없이 나타나 표행단을 급습한 이유까지.

사라진 저저촌은 설란이 짐작했던 대로 혼천마교였다.

"그러고 보면 저저촌이란 이름도 기다리고 또 기다린다는 뜻이군. 하긴, 원래의 계획대로라면 이백 년이 아니라 사백 년을 그렇게 숨어서 기다릴 계획이었을 테니…….”

루하의 말을 설란이 받았다.

“예기치 않게 이백 년이나 일찍 강시가 세상에 나왔지만 그들로서는 지켜볼 수밖에 없었을 거야. 진화를 하기 전의 강시는, 강시가 가진 내단은 정화의 용도로 쓸 수가 없는 물건이니까.”

붉은 내단 조각은 그 지독한 사기로 인해 피를 정화하긴 커녕 오히려 괴수를 만들어 냈었다.

“그러던 중에 강시들이 스스로 진화를 시작하고 본격적으로 새로운 단계로 넘어가자 그제야 그들에게도 할 일이 생긴 거지.”

원래부터 안배되어 있던 대로 정화의 인을 모아 동족상잔과 폭주의 과정을 거처 살아남은 자들의 재생을 완성시키는 것.

그리해 완성된 것이 바로 조금 전에 상대했던 그자들인 것이다.

“그 충절 한번 지독하기도 하네.”

이백 년의 기다림. 어쩌면 이백 년을 더 기다려야 했을지도 모르는 사명 하나를 완수하기 위해 그 긴 시간을 꿋꿋이 참아 낸 것이 아닌가.

“그렇게까지 해서 그자들이 얻는 게 뭔데?”

"없어. 아무것도."

"없다고?"

"말했다시피 그들에게 우리는 무조건 믿고 따라야 할 신앙이자 주인이니까."

연화의 확고한 말에 그다지 공감을 못 하겠다는 표정을 하는 루하다.

그도 그럴 것이, 그가 살아온 세상에서 무조건적인 충절이란 건 너무 비현실적이었다.

사람이 사람을 따르는 데는 작게든 크게든, 물질적인 것이든 물질적인 것이 아니든 반드시 뭔가 바라는 것이 있기 마련이었다. 더구나 이백 년이다. 설혹 당시에는 혼천마교가 우직한 충정만으로 그들 일족을 받들었다고 해도, 이백 년이라는 긴 시간 동안 과연 그 마음을 한결같이 이어올 수 있었을까? 세대도 변했고 세상도 변했고 사람마저도 바뀌었을 텐데?

'하물며 천하일통의 야욕까지 부렸던 욕심 많은 마도님들이신데 말이지.'

워낙 사람에 대해, 세상에 대해 불신부터 하고 보는 루하다 보니 혼천마교의 그 우직한 충정이 그저 아름답게만 보이지가 않는 것이다.

하지만 깊게 생각하지 않았다. 무슨 꿍꿍이를 가졌든,

그들의 충정이 진짜든 가식이든 그에겐 잔챙이들일 뿐이었다. 지금은 잔챙이들의 꿍꿍이나 파고 있을 만큼 한가한 때가 아니었다.

"그래서 지금 우리가 가진 정화의 인이면 그런 괴물들을 몇이나 만들 수 있는데?"

"여섯."

순간 기가 질린다는 표정을 하는 루하다.

"여섯이나? 그럼 이걸 빼앗겼으면 그런 괴물들이 여섯이나 더 만들어졌을 거라는 거야?"

"그렇지는 않아. 말했다시피 숙성된 씨앗을 감당할 수 있는 자는 소수에 불과하니까."

"그러니까 그 소수란 게 몇인데?"

"우리가 예상한 건 최대 열둘이었어. 하지만 지금은 너무 많은 것이 예상과는 틀어져 버려 딱히 몇이라 단정할 수가 없어."

"그럼 결국 그보다 적을 수도 있지만 반대로 그보다 많을 수도 있다는 거 아냐?"

정말이지 기겁할 노릇이다.

아까 상대했던 둘에, 연화, 그리고 그의 오라비라는 자까지 하면 모두 넷. 열둘을 기준으로 잡는다고 해도 그럼 앞으로 그런 괴물이 여덟이나 더 만들어질 수 있다는 것이 아닌가?

'닭수리들이 제때에 와 주지 않았으면 그 사달을 어쩔 뻔했어?'

표물을 빼앗겨 버렸다면? 그래서 그런 괴물들이 여섯이나 더 늘어난다면?

생각하니 새삼 등허리에서 식은땀이 난다.

그런 한편으로 각오도 새롭게 했다.

'이젠 진짜 목숨 바쳐 표물을 지켜야겠네.'

무림을 위해서도 그렇고 자신의 안위를 위해서도 그렇고, 이번 표행만큼은 무슨 일이 있어도 무사히 마쳐야 한다. 표행을 실패하는 순간 그런 괴물들을 떼거리로 상대해야 할지도 모르는 일이니 말이다.

'아니지. 북해빙궁까지 무사히 표행을 마친다고 해도 문제는 그 다음이잖아?'

어차피 절반은 자신의 몫이니 상관없다. 하지만 남은 절반은 북해빙궁에 남겨지게 될 터, 혼천마교에서 그 남겨진 절반을 노린다면? 북해빙궁이 과연 혼천마교로부터 정화의 인을 지켜 낼 수 있을까?

아무리 북해빙궁이 중원무림에서 전설처럼 회자되는 문파라고 해도 그에게나 그 괴물들에게는 혼천마교와 마찬가지로 그래 봤자 잔챙이일 뿐이다. 마음만 먹으면 일거에 쓸어버리고 표물을 가져가는 것이야 일도 아니다.

거기까지 생각이 미친 루하가 자리에서 벌떡 몸을 일으켰다.

설란이 의아히 물었다.

"어딜 가게?"

"지금 이러고 있을 때가 아냐. 다시 협상을 해 봐야겠어."

"협상?"

"북해빙궁이 아무리 대단하다고 해도 놈들한텐 한 주먹거리도 안 돼. 이대로 북해빙궁에다 표물을 넘기는 건 그야말로 놈들한테 빈집털이를 시키는 거나 같다고. 팽호강 그자와 다시 얘기해 봐야겠어."

"어떻게?"

"북해빙궁에 갈 것 없이 그냥 여기서 나한테 다 넘기라고 해야지."

"녹림의 왕까지 마다했는데 말이 통하겠어?"

"어차피 그 인간한테도 선택의 여지가 없는 일이야. 이대로 북해빙궁으로 가 봤자 걔들한텐 지킬 능력도 없잖아. 괜히 분수에도 안 맞는 보물에 욕심 부리다간 보물은커녕 목숨이나 잃기 십상이라고. 거기다 무림은 무림대로 위험해지는 거고. 아무리 보물에 눈이 돌아갔더라도 뻔히 보이는 천 길 낭떠러지로 걸어 들어갈 만큼 멍청한 인간은 아닐 거 아냐."

루하는 그렇게 자신하며 팽호강을 찾아갔다.

하지만,

"안 됩니다."

저간의 사정을 자세히 다 말해 줬는데도 거절을 하는 팽호강이다.

루하가 답답해하며 말했다.

"이보라고요. 북해빙궁으로는 그자들을 못 막는다니까요? 오기 부릴 때가 아니니 현명하게 생각하시라구요. 현명하게. 감당하지도 못할 물건 가지고 욕심 부리다간 괜히 아까운 목숨 줄만 날아가게 된단 말입니다."

직접 눈으로 본 건 아니라고 해도 루하가 쉽게 상대하지 못했을 정도면 그들이 얼마나 강한지는 팽호강도 충분히 짐작할 수 있을 터였다. 북해빙궁에 대한 무림인들의 환상이 아무리 크다고 해도 이건 견적이 바로 나오는 일인데, 아둔하지 않은 자가 왜 이렇게 미련을 떠는지 모르겠다.

"단지 제 욕심 때문에 그러는 것이 아닙니다."

"욕심 때문이 아니면요?"

"선택의 여지가 없습니다. 이미…… 제 몫의 보물을 반으로 나누는 걸로 북해빙궁과 약조가 되어 있으니까요."

팽호강의 말에 루하가 눈살을 찌푸렸다.

"대체 언제 그런 약속을……?"

"쟁천표국에 표물을 의뢰하기 전입니다."

"약조 같은 거 한 적 없다면서요?"

루하가 발끈하며 팽호강을 노려본다.

표물을 의뢰하러 쟁천표국을 찾아온 날, 팽호강은 분명 그에게 북해빙궁과는 아무런 연고도 없고 따로 약조를 한 일도 없다고 했다.

물론 그 말을 온전히 다 믿지는 않았다. 애초에 아무런 연고도 약조도 없이 북해빙궁으로 가겠다는 것 자체가 이치에 맞지 않는 일이었으니까.

모르긴 몰라도 자신에게 모든 사실을 털어놓기는 불안했을 것이다. 아니나 다를까,

"북해빙궁과 미리 입을 맞췄다고 하면 국주님께서 괜한 의심을 하실 것 같아서……."

그렇게 변명을 하며 자신의 눈치를 살피는 팽호강이다. 그런 그를 보고 있자니 일면 이해가 되기도 한다.

세상 아무도 믿을 수 없는 처지에 숨길 수 있는 거라면 아무리 사소한 거라도 일단 숨기고 보는 것은 생존본능일 테니까.

"어쨌거나 결론은…… 북해빙궁과의 약조 때문에 표행

을 그만둘 수 없다는 거네요?"

"저는…… 북해빙궁과의 약조를 무단으로 깰 만큼 무모하지도 용감하지도 않습니다. 하물며 보물을 나누는 대신 제 안위를 보호해 달라 먼저 제의를 한 것도 전데, 만일 북해빙궁에서 이를 기만으로 받아들이기라도 한다면 목숨이 열 개인들 온전할 수 있겠습니까?"

"내가 지켜 드린다면요?"

그렇게 툭 내뱉은 루하가 팽호강의 대답을 듣기도 전에 고개를 저었다.

"하긴, 애초에 날 믿지 못해서 이 먼 북해까지 오신 분이시니……."

그사이 없던 신뢰가 생겼을 리가 없다.

"하지만 말입니다, 말했다시피 이제 북해빙궁은 절대로 안전한 곳이 아닙니다. 더 이상 불가침의 성역도 아닙니다. 당신이 북해빙궁을 얼마나 대단하게 생각하는지는 모르겠지만 단언컨대 북해빙궁의 힘만으로는 그자들로부터 당신을 지키기엔 역부족일 겁니다. 다시 말해, 북해빙궁의 보호를 받든 북해빙궁으로부터 공격을 받게 되든 어차피 당신은 안전할 수 없다는 말입니다. 그러니 차라리 그럴 바에야 좀 못 미더워도 나한테 의지하는 것이 낫지 않겠습니까?"

팽호강의 눈에 갈등이 어린다.

루하의 말대로 지금 상황에서 가장 안전한 것은 어쩌면 삼절표랑의 울타리 안일지도 모른다. 하지만 북해빙궁에 대한 막연하지만 끊어 낼 수 없는 신뢰와 그럼에도 버리지 못하는 보물에 대한 미련들로 쉽게 결정을 내리지 못한다.

갈등이 빚어내는 지루함.

더디게 흐르는 망설임의 시간.

답답해진 루하가 다시 뭐라 한마디 더 하려 할 때였다.

갑자기 막사 밖에서 모웅의 목소리가 들려왔다

"국주님, 아무래도 나와 보셔야 할 것 같습니다."

"……?"

"손님이 찾아왔습니다."

모웅의 말에 어리둥절해하는 루하다.

이 시간에, 이런 날씨에? 이런 장소에 손님이라니?

의아해하며 막사의 문을 걷어 내니 모웅이 무거운 표정으로 서 있었다.

"손님이라니, 대체 누가 왔단 말입니까?"

"북해빙궁입니다."

"예?"

"북해빙궁에서 온 자가 지금 국주님을 뵙기를 청하고 있습니다."

*　　*　　*

북해빙궁에서 온 자들은 퍼붓는 눈보라 속에서도 한 치의 흐트러짐도 없이 마치 장승처럼 서 있었다.

상당한 규모였다. 얼핏 보기에도 수백 명은 되어 보인다. 게다가 북해빙궁이라는 이름이 주는 무게감만큼이나 거기에 서 있는 무사들은 하나같이 예사롭지 않은 기도를 풍기고 있었다.

'무슨 일로 이렇게 거창하게 행차들을 하신 거야?'

도열해 있는 북해빙궁의 무사들을 보며 루하가 의아해하는데, 그들 중 선두에 선 중년인이 앞으로 나서며 루하에게 포권을 취해 보였다.

"북해빙궁 비마관(飛馬館) 관주 여홍(呂紅)이라 하오. 쟁천표국의 국주님이 맞으시오?"

비마관이 뭐하는 곳인지는 모르겠지만 여기 있는 자들의 우두머리쯤 되는 모양이었다.

"제가 쟁천표국의 국주긴 합니다만…… 북해빙궁에서 여기엔 무슨 일이십니까?"

"우리가 여기까지 온 것은 표물을 인계받기 위해서요."

여홍의 말에 루하는 그 즉시 눈살을 찌푸렸다.

"표물을 인계받다니…… 그게 무슨 말씀입니까?"

"말씀드린 그대로외다. 어차피 본궁으로 오기로 한 물건이니 여기서 미리 인계를 받겠다는 것이오. 그러는 편이 쟁천표국으로서도 덜 번거롭지 않겠소?"

말투는 담담했다. 하지만 그 눈빛이며 태도는 오만하고 강압적이다.

그런 여홍의 태도가 기분 나쁘기보다는 오히려 낯설다 못해 신선하기까지 한 루하다.

이런 건방을 얼마 만에 받아 보는 건지 모르겠다. 건방은커녕, 언제부턴가 무림에서 소위 명숙이라 불리는 이름 있는 고수들조차 그와 눈을 마주치는 것을 어려워하는 자들이 태반이었는데 저런 오만방자함이라니? 저런 시건방짐이라니?

"저기…… 혹시 삼절표랑에 대해 못 들어보셨습니까?"

스스로 묻는 게 살짝 민망하기도 했지만 그럼에도 궁금해서 물었다.

"물론 알고 있소이다. 당금 중원무림에서 가장 강한 고수로 추존받고 있다는 것도 알고 있소. 비록 멀리 떨어져 있다고 해도 하늘 아래 북해빙궁의 눈과 귀가 닿지 않는 곳은 없으니까."

굳건한 자부심이 절절히 느껴지는 말투다.

하지만 루하는 그 자부심 가득한 말에 저도 모르게 콧방귀가 나오려는 것을 간신히 참았다.

하늘 아래 북해빙궁의 눈과 귀가 닿지 않는 곳이 없다 한들 그게 다 무슨 소용이란 말인가.

'제대로 보지도, 제대로 듣지도 못하고 있는데.'

제대로 보고 제대로 들었다면 여홍이 지금 저렇듯 자신을 눈 아래로 깔아보지는 못했을 테니 말이다. 심지어 중원을 떨어 울리고 있는 루하의 명성이 가소롭기라도 하다는 듯이 비릿한 미소마저 머금고 있다.

'이거 뭐 북해빙궁도 별거 아니구만.'

실망이다.

워낙에 전설처럼 회자되는 북해빙궁이다 보니 그 역시 나름대로 북해빙궁에 대한 환상을 가지고 있었고, 그래서 여기까지 오는 동안에도 호기심과 기대를 놓지 않았다. 하지만 막상 이렇게 그 실체를 접하고 보니 그저 과거에만 매여서 세상이 얼마나 빠르게 변하는지 눈이 있어도 보지 못하는, 아니, 보려고 하지도 않는 고리타분한 꼰대가 아닌가.

루하는 태도를 바꿨다.

더 살필 것도 없고 더 들어 볼 것도 없다.

"표물은 인계해 드릴 수 없습니다."

루하의 단호한 말에 여홍이 눈빛을 차갑게 한다.

“어째서? 인수할 당사자가 여기에 있는데 굳이…….”

“약속된 사람이 아니라 약속된 장소인 북해빙궁까지 표물을 안전하게 가지고 가는 것! 그게 이번 표행에서 저희 표국이 맡은바 소임이니까요. 혹시 이곳에서 조금 전 무슨 일이 있었는지 알고 계십니까?”

“무슨 일이라니……?”

“하늘 아래 어디든 북해빙궁의 눈과 귀가 닿지 않는 곳이 없다시더니, 정작 등잔 밑은 어두운가 봅니다?”

“…….”

루하의 비꼬는 말에 여홍의 눈썹이 불쾌히 꿈틀거린다.

그러거나 말거나 루하는 아랑곳 않고 말을 이었다.

“도적들의 공격이 있었습니다. 그리고 그 도적들은 상당히 강했죠. 그자들이 표물을 다시 노리지 않는다 장담할 수 없는 상황에서 이렇게 어중간하게 표물을 넘길 수는 없습니다. 혹시라도 표물이 북해빙궁에 도착하기 전에 도적들이 다시 공격을 해 온다면, 그래서 표물을 잃어버리게 되기라도 한다면 그건 우리 표국의 명성에도 큰 오점으로 남게 되는 일이니까요.”

“그런 걱정은 할 것 없소! 북해빙궁의 무사들이 운반하고 있는 물건을 함부로 욕심 낼 만큼 멍청한 도적은 이 세상에 없으니까.”

“진짜 멍청한 소리는 지금 당신이 하고 있구만 뭘.”

“뭐? 지금 뭐라 했소?”

“뭐라 하나 마나, 북해빙궁의 무사들 정도가 아니라 아예 북해빙궁이 통째로 여길 와 있다고 해도 전혀 겁내지 않을 도적들이란 말입니다.”

딱히 여홍의 심기를 건드리려고 한 말은 아니었다. 굳이 그의 심기를 살펴 기분 상하지 않도록 에둘러 말해 주고 싶지 않았을 뿐. 정말이지 그냥 있는 그대로 사실을 말해 줬을 뿐이다. 실제로 표물을 인계해 달라는 그들의 제안을 거절한 가장 큰 이유도 결국 북해빙궁이 혼천마교를 감당하지 못할 거라는 걱정에서였다.

물론 여홍의 입장에서 보면 충분히 불쾌해할 수 있는 말이었다.

“국주님의 말씀은 그깟 도적 따위가 우리 북해빙궁보다 강하기라도 하다는 말씀이시오?”

뻗어 나는 분노가 사뭇 직접적이고 거칠다. 당장 칼이라도 뽑을 기세다.

루하는 짐짓 어깨를 으쓱해 보였다.

“나야 모르죠. 둘 중 누가 더 강할지…… 도적들만 상대해 봤지 북해빙궁의 힘은 직접 보지 못했으니까. 그냥 내가 한 말 그대롭니다. 누가 더 강한지는 붙어 봐야 알겠지만, 어쨌든 그 도적들은 북해빙궁을 겁내지 않을 거라는 말씀입니다."

"흥! 그래 봤자 불 속으로 뛰어드는 불나방에 불과하지!"

"글쎄? 불나방이 누가 될지도 두고 봐야 알겠고, 아무튼 우리는 목적지에 도착할 때까진 표물 못 넘깁니다. 막말로 당신들을 내가 어떻게 믿습니까? 북해빙궁에서 나온 게 맞는지 아닌지도 확인할 수가 없는데."

"여기 이 북해빙궁의 표식이 보이지 않는단 말이오?"

"표식이야 보이죠. 하지만 내가 워낙에 견문이 짧아서 그게 북해빙궁의 표식인지 아닌지 알 수가 없단 말이지. 설혹 그게 북해빙궁의 표식이 맞는다고 해도, 표식쯤이야 얼마든지 도용할 수 있는 거 아닙니까? 아니, 북해빙궁에서 나온 분들이 맞는다고 해도 그래요. 간사하고 간사해서 재물 앞에서 어떻게 변할지 모르는 게 사람 마음인데 내가 당신들을 어떻게 믿고 표물을 넘기겠습니까?"

"지금 우리더러 사문을 배신하는 배은배덕한 자라는 말씀이오!"

여홍이 더한층 거세게 발끈하자 루하가 손사래를 쳤다.

"어디까지나 만에 하나의 경우를 얘기한 것뿐입니다. 표국 일이란 게 남의 재물을 맡아서 지키는 것이다 보니 의심이 병인 직업 아니겠습니까? 그러니까 원래 계약대로 쟁천표국의 표행이 끝나는 시점은 북해빙궁에 무사히 도착하는 그 순간까지가 될 것입니다."

그렇게 말하며 쐐기를 박듯 루하가 팽호강에게로 시선을 돌렸다.

"어떻습니까? 이의 있으십니까?"

루하의 물음에 곤혹스러운 눈빛으로 루하와 여홍을 번갈아 보는 팽호강이다. 하지만 그도 잠시, 이내 루하에게 동조하며 고개를 끄덕인다.

강시보다 더 강한 자들을 부리는 혼천마교다. 북해빙궁이 과연 그들을 막아 낼 수 있을지 장담할 수 없는 상황에서 가장 의지할 수 있는 루하를 떼어 놓고 간다는 건 생각만 해도 아찔한 것이다.

팽호강의 동의에 루하는 거 보란 듯이 여홍을 보았고, 여홍은 불만을 가득 담고서 눈을 부라렸다. 하지만 그뿐이다. 팽호강마저 동조한 상황에서 더 고집을 부려 봐야 억지밖에 되지 않는다.

그로써 여홍과의 실랑이는 끝이 났다.

그리해 루하는 더 긴말 않고 몸을 돌렸고, 아직도 퍼붓고 있는 눈보라 속에 덩그러니 남겨진 여홍은 루하가 사라진 곳을 사납게 노려보았다. 그러다 이내 그 분노를 털어 버리기라도 하듯 비웃음을 한가득 입꼬리에 담는다.

"역시 중원 무림은 비루하기 짝이 없군. 중원 무림 제일의 고수라는 자가 고작 도적 따위에 겁을 집어먹은 꼴이라니."

그의 옆으로 다가온 수하가 물었다.

"어찌하시겠습니까?"

"어쩌겠느냐. 저 한심한 중원인들이 저토록 도적들을 무서워하는데, 본궁에 무사히 도착할 때까지 호위라도 해 주는 게 북해의 넓은 도량이 아니겠느냐? 흐흐흐."

물론 넓은 도량만 보여 줄 생각은 없다. 북해빙궁에 도착하는 대로 감히 자신들을 도적들 하나 당해 내지 못할 하오문 잡졸 취급한 것에 대한, 그 무지몽매함에 대한 훈계도 해 줄 요량이었다.

'중원제일이라는 허울이 얼마나 하찮은 것이지, 북해빙궁 앞에 그것이 얼마나 미천하고 비루한 것인지 내 톡톡히 깨닫게 해 주지!'

*　　*　　*

그것은 장정 두엇이 들어가도 넉넉할 정도로 상당히 큰

나무 욕조였다. 검은색 무복에 검은색 복면을 한 열두 명의 사내들이 저마다 물동이 하나씩을 들고 그 나무 욕조를 빙 둘러쌌다.

복면의 사내들이 뿜어내는 기운도 그랬지만 어딘지 모를 밀실의 분위기 또한 음산하고 사이하기 그지없다. 그러면서도 저마다의 눈빛은 왠지 모르게 엄숙하고 경건했다.

그러한 분위기 속에서 우두머리로 보이는, 그들 중 유일하게 붉은색의 복면을 한 사내가 입을 열었다.

"부어라!"

그러자 누가 먼저랄 것도 없이 동시에 욕조 안으로 물동이의 물을 부었다. 그런데, 그렇게 욕조에 채워지는 물은 그냥 물이 아니었다.

붉다. 피처럼.

아니, 그것은 피였다. 욕조에 물이 채워지며 밀실을 가득 채우는 비릿한 냄새는 분명 혈향이었다.

그렇게 열두 명의 사내가 물동이의 피를 모두 붓고 나자 이어서 다시 밀실 안으로 열두 명의 복면인들이 피가 담긴 물동이를 들고 들어왔다.

"부어라!"

두 번, 세 번, 네 번…… 아홉 번이 반복되고 나서야 끝이 났다.

모두 일백여덟 동이.

욕조가 피로 가득 채워졌다. 그러자 이번엔 밀실 안으로 석관 같은 것을 들고 들어오는 복면인들이다.

쿠웅—

무거운 석관이 바닥을 울리고, 복면인 중 하나가 석관의 문짝을 힘껏 밀어서 열었다.

그리해 나타난 것은 핏기 한 점 보이지 않는 시체였다. 아니, 시체가 아니다.

번쩍.

그 순간 시체가 눈을 뜨고,

"크르르르……."

짐승의 울음소리를 낸다.

석관에 담긴 것은 분명 강시였다.

하지만 그뿐이다.

회색 동공에선 지독한 살광이 뿌려지고 당장이라도 물어뜯을 것처럼 사납게 이빨을 드러내고 있지만 무슨 금제라도 당한 것인지 강시는 미동도 하지 않았다.

그런 강시를 복면인들이 석관에서 꺼내었다. 그리고 피로 가득 채워진 욕조 속으로 밀어 넣었다.

풍덩—

그렇게 머리부터 발끝까지 다 담기자 옆에 세워 둔 욕조의 뚜껑을 덮었다.

엄숙한 분위기 속에서 그 모든 일련의 과정들이 끝나자 복면인 하나가 격앙된 목소리로 붉은 복면의 사내에게 말했다.

"스물하루입니다. 스물하루만 지나면 세 번째 천인이 완성됩니다. 태사로(太師老)."

태사로라 불린 자가 고개를 끄덕이며 물었다.

"정혈(淨血)은 어찌 되고 있느냐?"

"그게…… 모으는 것이 간단치가 않습니다. 이것으로 지금까지 모은 정화의 인이 모두 소진되었습니다. 게다가 세상에 남아 있는 정화의 인 자체가 그리 많지 않습니다. 아무래도 만검산채에서 우리가 생각했던 것보다 훨씬 더 많은 양을 취한 것 같습니다."

"그 말은 곧 쟁천표국이 운반하고 있는 정화의 인이 우리가 예상했던 것보다 훨씬 더 많을 거라는 뜻이군."

"예."

"결국 쟁천표국의 표물만이 유일한 해법이란 건가……."

하지만 지금으로서는 역부족이다. 두 명의 천인만으로는 안 된다는 것을 이미 경험했다.

태사로라 불린 자의 시선이 강시가 담긴 욕조로 옮겨졌다.

세 번째 천인.

"스물하루……."

그가 깨어나는 날, 북해빙궁으로 간다.

〈다음 권에 계속〉

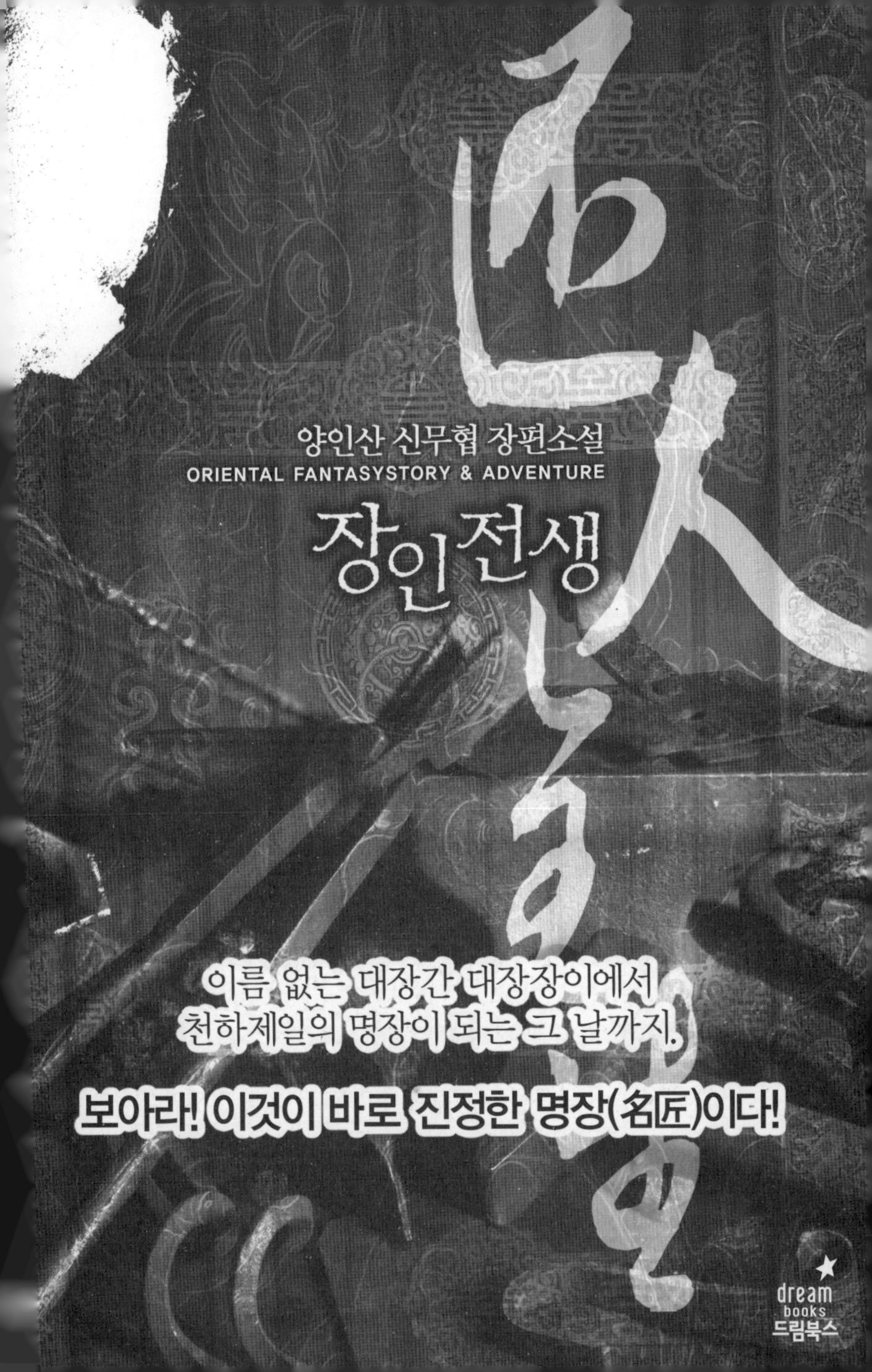
양인산 신무협 장편소설
ORIENTAL FANTASYSTORY & ADVENTURE
장인전생
이름 없는 대장간 대장장이에서
천하제일의 명장이 되는 그 날까지.
보아라! 이것이 바로 진정한 명장(名匠)이다!
dream
books
드림북스

무당전생
정원 신무협 장편소설
ORIENTAL FANTASY STORY & A
문피아 골든 베스트 1위, 소문난 명품 무협!
환생은 했지만 재능도, 기연도 없다.
폭력과 죽음이 난무하는 무림에서 믿을 건 오직 전생의 기억.
무당파 사대제자 진양. 그가 가는 길을 주목하라!
dream books
드림북스

DREAMBOOKS

DREAMBOOKS

DREAMBOOKS